戦争と平和

吉本隆明
Yoshimoto Takaaki

文芸社文庫

目次

戦争と平和

いまから五〇年前の三月一〇日の江東《こうとう》地区の大空襲《だいくうしゅう》の日は、僕《ぼく》はちょうど葛飾《かつしか》のおやじの家にいて、火の手はその晩から見ていたんですけれども、翌日、知り合いが多いものですから焼け跡を訪ねて月島《つきしま》まで歩いて行ったのを憶《おぼ》えています。

途中は焼死された人たちの死体がずっと転がっていて、煙がまだ上がっていて、行きあう人たちはみんな目がただれたように赤くなっていて、僕もそこを通っただけなんですけれども、やはり目が痛くなったということは、とてもよく記憶しております。

僕の知り合いの先生ご一家がその時、亡《な》くなりまして、誰も残らないということになりました。知り合いの人たちがどうなったか、消息がわからなかった。ただ、だめかと思っていた月島、佃島《つくだじま》地区は大丈夫で、そこにいた知り合いとか親戚《しんせき》は無事だったというのを憶えております。

この大空襲で、僕の体験なんかよりもずっと切実《せつじつ》な体験をされた人に、井上有一さんという書家《しょか》の人がおります。少し前に亡くなられましたけれども、非常にユニークな書《しょ》を書く人です。その時は横川小学校の先生をしておられて、家はいまの台東《たいとう》区の谷中《やなか》二丁町にあって、煙に巻《ま》かれて気を失っていて、やっと助けられたという体験を持っている方です。その井上有一さんが、その時のことを、

「米機殺戮《べいきさつりく》十万人
江東一夜地獄《じごく》と化す
猛火狂奔《きょうほん》して難民《なんみん》を襲《おそ》う
親は愛児《あいじ》を庇《かば》い子は親に縋《すが》る」

という漢詩を書いて残しておられます。

実際問題、僕が見たデータでは死者が九万三〇〇〇人で、消失家屋《しょうしつかおく》が二三万戸となっております。今年の阪神《はんしん》地区の大地震での死者は五三七八人、消失家屋・全壊《ぜんかい》家屋は八万四五三六となっておりますから、だいたい二倍、三倍の規模《きぼ》の大空襲だったということがわかります。

これは一九四五年（昭和二〇年）三月一〇日で、その八月一五日は敗戦

になっているわけですから、敗戦の年の三月一〇日ということになります。

きょう僕に与えられたテーマは「戦争と平和」ということなんですけれども、これは本当をいいますとトルストイ（一八二八～一九一〇）のような大巨匠《だいきょしょう》でなければ、とても扱《あつか》えないテーマで、僕の手に負《お》えるようなテーマではないのですけれども、自分なりに考えている戦争と平和ということと、いまをどう考えるかというのは人それぞれですけれども、戦争と平和についてのいまの課題は何なのかということをお話しできたらと思います。

戦争というのは一体《いったい》何なんだということから申し上げてみます。

戦争というのは一体何なんだということで漠然《ばくぜん》と誰でもが考えるし、わかることは、要するに国と国とが戦いの状態に入って、両方の国の、あるいは複数の国の民衆《みんしゅう》は兵士となって戦いの先頭に立つ。そしてどちらかが勝ち、どちらかが負けるというのが、誰でもわかる一般的な戦争の考え方です。

ところで、その一般的な戦争の考え方を、もっととことんまで追い詰《つ》めていこうと考えた人たちがおります。

たとえばマルクス（一八一八〜八三）という人は、戦争というものを相当厳《きび》しく考えていったわけです。戦争というのは、マルクスの考え方では、力の強い国、あるいは侵略《しんりゃく》する国と、それと比べてより力の弱い国があって、その二つの国が戦いを交《まじ》える。そして力の強い国が弱い国を打ち負《ま》かして、占領《せんりょう》したり賠償《ばいしょう》を取ったりして勝利を得《え》たということになる。これが戦争の一般的な形だというふうに考えたわけです。

その場合、戦争をしている当事国《とうじこく》以外の民衆はどういうふうに考えたらいいかというと、マルクスは複雑にいろいろなことを言っていますけれども、大雑把《おおざっぱ》にいってしまいますと、弱い国――強い国から侵略されたりして負けそうな国――に、ほかの国にいる民衆は加担《かたん》すべきだ、と考えたわけです。だから、戦争が一般的にどうであれ、極端《きょくたん》にいえば国と国との戦争が起こった場合には弱い国に加担するというのが民衆の立場なんだ、という言い方をしています。

この系譜《けいふ》の人たちは、いちばんよく戦争について考えているわけですが、そのあとロシアのマルクス主義者であるレーニン（一八七〇～一九二四）という人が戦争について考えて言っていることがあります。

それはどういうことかというと、弱い国、強い国というふうにして国と国とが戦争を起こした場合に、一般の民衆はどう考えたらいいかと言えば、要するに自分の国が負けるように加担するのがいいと考えたわけです。

つまり戦争というのは、政府がいて、政府の命令でその国家の軍隊を動かして戦争をするわけで、そしてその軍隊に入っている一般の兵士というのは民衆であるわけですけれども、その場合に民衆は、自分の国がその戦争の当事者《とうじしゃ》であったら自分の国が負けるような加担の仕方をするのが正しい、それが民衆の立場だと、簡単に言いますとレーニンはそういうふうに考えたわけです。

その系列《けいれつ》はレーニン、スターリン（一八七九～一九五三）まで続いてきて、その系列の考え方は戦争についてはいちばん厳しく追い詰めていった考え方だと思いますけれども、これに対して異議《いぎ》を唱《とな》えた思想家《しそうか》が一人います。それはフランスの女流思想家のシモーヌ・ヴェイユ（一九〇九〜四三）という人です。

シモーヌ・ヴェイユは、その両方の考え方に対して異論《いろん》を唱えました。たとえばレーニンは、自分の国が負けるように働きかけるというか、そういうふうに考えるのが一般民衆の立場だというけれども、それはちょっとおかしいのではないか。負けるほうは負けるほうでいいけれども、それは相手国の民衆にとってはやはり勝つということを意味するじゃないか。負けると考えようが勝つと考えようが、それは民衆にとって同じじゃないか。

つまり自分の国が負けるようにと考えたって、相手の国からすれば民衆が勝つために戦争をやるということに加担するということを意味するので、ちっとも民衆の立場ということになっていないじゃないか――というのが、シモーヌ・ヴェイユの戦争についての考え方です。

それならば、どういうふうに戦争というものを考えたらいいのか、ということが問題になるわけですけれども、たぶん戦争についての考え方のいちばん追い詰めたところというのは、そこで行《い》き詰《づ》まりなんです。

つまり、それ以外の考えようがあるかというふうに考えますと、戦争自《じ》体《たい》をなくす以外に方法はないわけです。

ですから、戦争というのは起こり得《う》るという考え方、それから戦争というのはやることがあり得るんだという考え方をとっている限り、いずれにしろ戦争をしたら自分の国は負けると考えようと勝とうと考えようと、それは同じことをやって、どちらかの民衆がより多く死ぬということを意味するので、ちっとも変わりないじゃないかということが、たぶん戦争ということについてのいちばんどん詰まりの考え方です。極端に追い詰めた考え方で、そこで止まってしまうわけです。

それではヴェイユはどういうふうに考えたかというと、こういうふうに戦争というものを追い詰めていくと絶望的《ぜつぼうてき》だというふうに考えたんです。

　どうして絶望的かというと、民衆がいて、どんな政府であろうと政府がある。どんな政府もあんまりよくはないと考えたとしても、精神的あるいは技術的な労働をする人と肉体的な労働をする人——戦争を例《れい》にとれば参《さん》謀本部《ぼうほんぶ》みたいに、図上で「こう考えて、こうやればいい」と言っている人と現《げん》に兵士となって戦場に行って命《いのち》のやりとりをする人——との区別、つまりより多く精神的なものが関与する労働と体を動かすという労働との区別は人間の中からなくすことができないんじゃないか。そうすると必ず、より多く精神的な労働をしている人がより参謀本部的な、つまり命のやりとりからはちょっと離れたところで何か命令していればいいみたいな形に、どうしてもなっていくので、精神労働ということと肉体労働ということとの区別、差別《さべつ》といいましょうか、あるいは分業《ぶんぎょう》といいましょうか、そういうものがある限り、ちょっと絶望的なのではないかというのがヴェイユの追い詰めたところであるわけです。

　ヴェイユはそれ以上の戦争についての考え方とか解決の仕方とかいうの

を考えることなしに、そこのところで行き詰まってしまったといいますか、終ってしまったというふうに、大雑把にいうと言うことができます。

それじゃ、それ以上の戦争についての考え方があり得るか。ただ一つヴエイユが追い詰めた、精神労働と肉体労働の違いがある限り、絶対に戦争を命令するやつと命《いのち》を的《まと》に戦うやつとの区別はなくならないという絶望感を超《こ》える方法があるのかということについて、僕等《ぼくら》は自分の戦争体験も踏《ふ》まえて、一生懸命《いっしょうけんめい》自分らなりに考えたわけです。

それで現在のところ得られている結論《けつろん》というか、考え方を申し上げますと、一つだけ、それ以上の考え方があり得《え》ると僕はおもってきたわけです。

日本の国を例にとれば、現在は保守と進歩の連合《れんごう》政府が政権をもっていて、それが国家を治《おさ》めているわけですが、選挙によって選《えら》ばれた代議士《だいぎし》が国会で決議して、多いほうに賛成だという形であらゆる法案とか方針が決められていくというのが現在における世界の国家のあり方なんですけれども、その中で一つだけ条項《じょうこう》をつくればいいというのが、僕の考えたことなのです。

国民が「こうしたほうがいい」と思っていることを反映《はんえい》させるには、選挙をして代議士を選んで、その代議士がそうやってくれることを期待する以外にないという間接的《かんせつてき》な方法です。

だけれども憲法をみますと、国家主権《しゅけん》は国民にあると言っています。天皇が一つ象徴《しょうちょう》としてくっついていますけれども、いずれにせよ主権が国民にあるということは憲法に明記《めいき》されています。たしかにそう明記されていますけれども、国民が主権を行使《こうし》する場合には、選挙をやって選んだ代議士なら代議士を介《かい》して行使するというふうに現在なっている。

そこに、ただ一カ所条項を設《もう》ける。それは、国民が主権を直接《ちょくせつ》に行使したいと考えた場合には、過半数の署名《しょめい》を集めて、無記名《むきめい》の直接投票によって過半数を占《し》めた場合には政府を取りかえることができるという条項を一つだけ設ければ、戦争は防止されるとは言わないまでも、どんな政府ができても大衆の同意なしには戦争はできないということになるんじゃないかとおもうわけです。半分はそれでできるんじゃないか。もっと極端に言えば、国家というのをなくしてしまえば国家間戦争というのはなくなってしまいますから、なくしちゃえばいいわけですけれども、ある限りはどうしたらいいのかといえば、憲法の中にでもいいですけれども、一つ条項を設ける。

要《よう》するに国民が直接主権を行使したい場合には、代議士さんを介さなくても、過半数の署名を得て直接の無記名投票をして、それが過半数を占めたならば政府を代えることができるという条項を一つ設ければ、戦争その他《た》、あんまりいいことをやらないじゃないかという政府はリコールすることができるということになる。民衆の意志《いし》によって代えることができるということになります。

僕の考えでは、そういうリコール権《けん》というようなものを憲法なら憲法の中に書き込むことができれば、戦争について政府の言いなりに命令で応《おう》召《しょう》して兵隊となって出て行くとかということなしに、もしその戦争に反対であるならば、あるいは自分のほうが命がけになって頭を働かせている人はあんまり命がけじゃなくても済《す》むというような不公正《ふこうせい》をなくするには、そういう一項目《いちこうもく》の条項を憲法なら憲法の中に書き加えればいいじゃないかということが、僕が解決点だと考えている唯一《ゆいいつ》の点です。

政治的な国民のリコール権、つまり国民主権の直接行使という条項を憲法の中に設けるということが、僕に言わせれば戦争を防止する最後の課題《かだい》になっていく。

その課題が実現しない限り、戦争というのはしばしばやられちゃうと、僕にはおもえます。ですから、戦争をなくするにはどうしたらいいかというふうに僕が考えたところでは、要するに国民主権の直接行使によって政府を代えることができるという条項を獲得《かくとく》するということが、戦争をなくする唯一の入口になるんじゃないかと考えております。

ところで、現在既成《きせい》の公認《こうにん》政党がそういう条項を書き加えるということをやる可能性は全然ないわけです。進歩的な政党ほど、村山（富市）と同じで、一たん政権の座《ざ》に坐《すわ》ると頑強《がんきょう》に固執《こしつ》して、これをリコールするためには血をみなければならない。つまり反乱《はんらん》を起こさなければやめようとしないというふうになる。

そのいちばんいい例がソ連共産党で、さんざんよくない政策をやりながら、どうして半世紀ももったのかと言えば、それは固執したからです。しがみついて放さないからなんです。そして異論が出たらこれを弾圧《だんあつ》するということをやってきたから、もったわけです。

たとえば数年前に起こった、ソ連共産党がソ連国家の権力から陥没《かんぼつ》してソ連自体が解体《かいたい》してしまったということは何を意味するかというと、民衆は血を流しながらリコール権を行使した。それは一種の反乱ですけれども、反乱を起こさなければ潰《つぶ》れないんです。そういうふうになっている。

しかし、創始者《そうししゃ》であるレーニンの考え方の中にはリコール権という考え方があったわけで、リコール権というのがソ連邦の憲法の中に書き込まれていたら、あんな無理なやり方をしなくても、ちゃんとリコールすることができたとおもいます。

だけれども、そういう条項はないんです。なぜないかということが問題なんですけれども、それはしがみついたら放したくないからです。

レーニンはそう考えなかった。権力をとって国家の政府を握《にぎ》ったら直《ただ》ちに政府は解体していかなければいけないというのがレーニンの考え方なんですが、直ちに解体していくという状況にはなくて、周囲はほかの国から取り囲《かこ》まれていて、とてもそういう余裕《よゆう》がなかったというのがレーニンの弁解《べんかい》です。しかしそれは弁解にしか過ぎないので、その時にはどうすればいいか。

リコール権というのがソ連憲法の中に付け加えてあれば、それはやれたわけです。しかし、それがなくて、またしがみつくものですから、ろくなことをしていなくても半世紀もかかることになるわけです。

これは日本だって同じで、その項目《こうもく》があれば、どんな政党が政権をとっても、民衆一般《いっぱん》がこれはだめだというふうにおもったならばリコール権を行使すればいいわけです。そういうふうにならなければ、世界は進歩していかないし、戦争なんていうのは本当の意味でなくなることはないわけです。

僕が考えるには、様々《さまざま》な政治的な課題はあるでしょうけれども、戦争はどうしたらなくなるのかということも含《ふく》めまして、ただ一つ重要な政治的課題があるとすれば、リコール権を獲得するということだけなんです。それは既成のいまの政党でやる気遣《きづか》いはまずないとおもいます。

自民党から共産党まで含めて、それらがやる気遣いは全《まった》くないですが、それは皆さんが胸の中にちゃんとおさめておられたほうがいいので、どんな理不尽《りふじん》なことをされても黙っていなければいけないということはなくて、リコール権さえあれば、それを阻止《そし》することはできますし、その政府を代えることができます。

それがわれわれ何でもない大衆が持っている国民主権というものを行使できる最後の手段《しゅだん》であるわけです。そのほかの場合には、代議士諸公《しょこう》を媒《ばい》介《かい》にして何か政策をやってもらえばよろしいわけですけれども、これではとてもだめだ、とても我慢ならないというふうに一般民衆が考えた場合には、リコール権を行使するということがどうしても必要です。

そうでなければ、憲法に主権は国民にあるというふうに書いてあるけれども、間接的な主権しかない。国民主権というのはどうやったら実現されるかというと、いま申し上げましたリコール権というのを獲得しなければ完全な国民主権というのは実現できないわけです。それは皆さんが胸の中におさめておられたほうがいいんじゃないかとおもいます。

それが戦争をなくすための、いまのところ最終の方法だと、僕自身がおもっています。

「本当に必要な政治的な課題というのは、本当はそれしかないんですよ」というふうに言いたいほど大切な条項だとおもいます。しかし、いま申し上げましたとおり、現在の政治政党がどの政党であろうと、そういうことを憲法の中に書き込もうなんていうふうに考える政党は存在していないですから、それはなかなか大変で、皆さんの胸の中におさめておく以外に戦争を完全に防止するという方法はないだろうとおもいます。

戦争について、僕等《ぼくら》が、「これさえあればな」とか「こういうことが実現されれば戦争というのはなくなるな」とおもっていることは、そういうことに帰着《きちゃく》いたします。

「戦争と平和」というふうに対照的《たいしょうてき》に言いますが、それでは平和というのは一体何なんだということになります。平和というのは、一人一人《ひとりひとり》の考え方であり得るわけです。ある人は自分の一家《いっか》が無事平穏《ぶじへいおん》に暮《く》らせて家族内の争《あらそ》いもなく無事平穏にきょうも明日もやっていけるということこそが平和なんだと考えるでしょうし、ある人は自衛隊みたいなものはみんななくしちゃえば平和ということになるというふうにお考えになるかもしれない。夫婦《ふうふ》の仲が悪いから、夫婦の仲をうまく調整《ちょうせい》することができれば自分にとって平和だよという人もおられるでしょうし、子供でいえば自分が望《のぞ》みの学校から望みの学校へと進学することができて勉強できれば、あるいは遊ぶことができれば、それは自分にとって平和だというふうに言うかもしれません。

言い換《か》えれば、平和というのは一人一人ちがっていることができるし、またちがっていいというふうに思います。

つまり、一人一人ちがう状態《じょうたい》で自分が「平和だ」というふうに考えられる状態を自分がつくれれば、それは平和ということを意味するんだというふうに、僕は思います。

それ以外に平和というのはないのですよ。

つまり、戦争が終わった時に「平和な文化国家を今度《こんど》はつくるのだ」みたいなことをいいましたけれど、国家的規模《きぼ》で平和なんていうことが実現できるか、あるいは平和国家なんていうものがあり得るかというふうに考えれば、皆さんが現在世界各国を見ていておわかりのように、平和国家なんていうのは成り立たないということです。

つまり、個々《ここ》の人が自分にとっての平和な状態が続くことが平和なんだというふうに考える以外に、制度《せいど》としての平和というのは存在《そんざい》し得ないのです。

存在しようとすると必ず、先ほど言いましたように国家間の争い事《ごと》から戦争になってしまうとか、国内の各《かく》考え方のちがいで内戦になるとかというふうに、いつでも平和というのは戦争というものから脅《おびや》かされているといいますか、どこかで阻止されてしまうと考えたほうが制度的には、国家的規模では――あるいは社会的規模でもいいんですが――よろしいわけです。

ですから、そういうことが成り立ちそうになると、すぐに戦争という概《がい》念《ねん》から脅かされるということになっていきます。

平和というのは、基本的にいいますと、個々の人の日常生活の繰《く》り返しで、個々の人の主観《しゅかん》といいますか、それぞれの考え方の中で、これが保《たも》てていたら自分にとって平和だというものがあって、その〝平和〟というものを大切にする以外に平和についての一般的な考え方というのは、僕はないだろうとおもいます。

「戦争と平和」というテーマですと、すぐに偉大《いだい》なトルストイの『戦争と平和』という小説がおもい浮かべられます。

この中で主人公であるアンドレイ公爵《こうしゃく》は二度負傷《ふしょう》するわけです。一度は、ナポレオンのフランス軍が侵入《しんにゅう》してきて、オーストリアとロシア軍がそれを阻止《そし》しようとしてダニューブ川を隔《へだ》てて会戦《かいせん》が行われて、そこで負傷する。動けなくなって仰向《あおむ》けに倒れながら、空が見えますから、

「空がきれいで、深いな。静かだな」

というふうに考えているわけです。

そこにナポレオンが麾下《きか》の将校《しょうこう》を連れて戦線視察《しさつ》に来て、倒れているロシア兵を見て「勇敢《ゆうかん》に戦って、みんな勇者だ」と褒《ほ》めたたえながら歩いて来る。アンドレイ公爵が負傷して意識は朦朧《もうろう》としているところへも来て、軍旗《ぐんき》がそばに落ちていて、「この若者も勇敢だった」とナポレオンが言うのが耳に入ってくる。でも答えることもできない。

ただ、自分が非常に尊敬している英雄であるナポレオンがいまここにいるんだということは、かすかに意識に残るわけです。だけれども、その時にアンドレイ公爵は何を考えるかというと、

「いま見えている深く青く遠くて静かなその空の深さに比べれば、この英雄の考えていることなんかちっぽけなことなんだ」

と、かすかな意識の中でそういうふうに考える。その時にアンドレイ公爵の考えたことがアンドレイ公爵にとっては〝平和〟ということの意味なんだというふうに、トルストイは描《えが》いています。

空を見てというのは、トルストイが非常に固執したところです。アンドレイ公爵はもう一度、ボロジノというところでのモスクワ攻略《こうりゃく》の最後の大会戦みたいなものにあうわけですけれども、そこでやはり負傷して瀕死《ひんし》状態になるわけです。担《かつ》ぎ込まれて家族の目の届くところに帰還《きかん》するわけですけれども、それでもなかなか意識が回復しないで、むしろ死の方がだんだん近くなっていくという状態になるわけですが、死に瀕《ひん》した時にアン

ドレイ公爵は――そこはトルストイの描写《びょうしゃ》は非常に微妙《びみょう》なんですが――自分はもう死んじゃったというふうに考える。

　死というのが初めてよくわかったとアンドレイ公爵が考えるわけですが、それは何かといったら、生《せい》から目覚めることが死だと思うんだということ、それから夢みたいな朦朧とした状態から目覚めることが死なんだ、と。

　そういう目覚めたところで、いままで何かに制約《せいやく》されていたような感じというのが全部取っ払われて解放されたというような感じになるというのが、アンドレイ公爵の臨終《りんじゅう》の時のトルストイの描写です。

　それは何を書いているかというと、決してトルストイは生の状態、死後の状態というふうには書いていないんですけれども、精神が肉体を離れる時の感じ方だという意味合いで書いています。

　つまり、死というのは生からの解放でもあったし、夢からの解放でもあったなというふうに感ずるということ、そしてこれが自分にとっての解放感だというふうに感ずるというのが、アンドレイ公爵という主人公が死ぬ時の描写であるわけです。

そうするとそこでも、トルストイが考えている人間にとっての平和というのは、アンドレイ公爵が死に瀕した時のそういう感じをトルストイが平和だというふうに言っていることを意味します。

もっと簡単に言ってしまえば、死というのが人間にとっては平和なんだというふうに、トルストイは非常に平和について絶望的で、自分が書いている『戦争と平和』という大長編《だいちょうへん》のモチーフをそういうところに集約《しゅうやく》していっているというのが、トルストイの戦争と平和についての感じ方です。

トルストイが、戦争というのはだめなものだというか、一方はナポレオンであり、一方はオーストリアの皇帝《こうてい》であり、一方はロシアの皇帝であるという、皇帝たちが自分たちの意向《いこう》によって戦争を始めて、やはり死に行く者は一般大衆なんだということを描きながら、主人公にとっては平和というのは死以外のものではなかったし、自然を眺《なが》めた時の平穏の感じというのが平和なんだという以外になかったということが、トルストイの大長編のモチーフになっているとおもいます。

　戦争について突き詰めることは、ある程度《ていど》はできるわけですけれども、平和というのを万人に通ずるような意味あいで突き詰めることは、どういうふうにしてもできない。

　トルストイでさえそれはできないので、主人公の死に瀕した時の気持とか、動けない時に空を見た時の感じ、それが平和なんだというふうにしかいうことができなかったというふうに考えますと、やはり平和というのはむずかしいことで、それぞれの気持の中とか、それぞれの生活の中とか、家族の中とかということの中にしか、平和ということの意味を認めることが、どうしてもできない。むずかしいというふうになるとおもいます。

　ここでお喋《しゃべ》りする限りではそうなんですけれども、例《たと》えば僕にとって平和というのは何なんだというふうになれば、これは誰にも通じなくて、自分の持っている固有《こゆう》の生活状態とか、固有の家族状態とか、そういうものの中から出てくる平和というものの感じとか波立《なみだ》っている感じとかいうものを見つけ出していく以外にないということになります。

つまり、一般論《いっぱんろん》でいいますと、戦争についてはある程度、いま申し上げました通り突き詰めることはできますけれども、平和については各人《かくじん》の生活状態、心の状態、それからそれを取り巻いている社会の状態というものの中に、それぞれが感じている平和というものを護《まも》っていく以外、あるいは実現していく以外に、平和というのを一般論として定義することは非常にむずかしいし、また極端に悲観的に考えれば、トルストイのように生きている限りはそれはないというふうに考えざるを得ないところまで、平和というのは個々別々《ここべつべつ》の人々の生の中にしかないということになってしまう。

戦争と平和についての、僕等が考えてひとに言うことができるどん詰まりの考え方といえば、そこの問題に帰着してしまうとおもいます。

これで戦争と平和についての考え方というのは終わるわけですけれども、それではいま現在われわれが持っている戦争と平和についての考え方はどういう現状にあるんだということになります。

僕がいちばん引っかかって、いちばんおもしろくないと思っていることは、戦争体験を踏まえて言いますと、現在の政府が自衛隊は合憲《ごうけん》であるということを言明《げんめい》してしまったということです。それはどういうことを意味するかと言いますと、自衛隊は合憲だと言って海外派遣《はけん》もやっているわけですし、合憲だと言ってしまったということは、自衛隊は実質的解釈によっても国軍《こくぐん》（国家の軍隊）であるということを言っているということを意味します。

歴代《れきだい》の内閣《ないかく》が、保守内閣であっても、それは言わないで来たんです。武《ぶ》装力《そうりょく》はどんどん増強《ぞうきょう》してきたりしているんですけれども、自衛隊は違憲《いけん》であるか合憲であるかということについては、一切触《いっさいふ》れないで来た。なぜかといいますと、自衛隊を合憲だと言ってしまえば、それは解釈によって自衛隊を国家の軍隊であるということを言っていることを意味します。これを撤回《てっかい》することは、もうできない。僕の考え方はそうです。

たとえば社会党や何かで「平和憲法を守れ」といまでも言っているけれ

ども、もう守られていないわけです。実質的に自衛隊は国軍であると言っているわけですから、憲法第九条は解釈によればもう無効《むこう》であるということを言っちゃっているわけですから、どうしようもないわけです。

逆にいえば、これから以降の内閣は、自衛隊は合憲か違憲かとか、平和憲法を守るとか守らないとか、そういうことを言う必要がない。もうちゃんと国軍だと言っちゃっているわけですし、海外派遣もしているわけですし、もうどうしようもないということになります。

国民からすれば、九条というのは国際紛争《ふんそう》に武力を使わないという規定《きてい》であるわけですけれども、それを実質上無効にしているわけですから、もうどうしようもない。いまどき「護憲《ごけん》」なんて言っているのは、全然意味がないということになる。つまり、そういう状態になっているとおもいます。

ただ一つこの状態を超《こ》えることができる手段があるとすれば、先ほど言いましたように国民主権を直接行使するためにリコール権というものが存在するという条項がもしできれば、自衛隊は合憲であるという考え方を超えることができます。つまり、理想の世界の条件というのは幾《いく》つかあるわけですけれども、誰が考えても最小限《さいしょうげん》これだけあればいいというのは、僕の考え方では二つしかないわけです。

一つは国軍を持たないということです。

もう一つは、国軍を持たないということに帰着《きちゃく》するわけですが、武力を行使しないということです。

そういうことは条件のいちばん最初に来るわけですが、そういういちばん最初に来る条件を日本国は持っていたんです。わざわざ解釈によって自衛隊は国軍であると言う必要なんか全くないし、意味がないんです。

皆さんが考えられてもわかるように、これから戦争を引き起こして日本国がまた戦争するなんていう事態は、考えようとしたって考えられるわけはないわけです。それよりも、社会主義国《しゅぎこく》であろうと資本《しほん》主義国であろうとほかの国はまだそこまでいっていないですから、九条を楯《たて》にしてほかの国を説得して、核兵器《かくへいき》を捨《す》てようということから始まって、武器も一斉《いっせい》に捨てることにしようじゃないかというところまで、日本国は先頭に立って考えなければならないということは論議《ろんぎ》があるところですけれども、しかしいずれにせよこの条項を憲法の中に持っているのは世界で日本国だけです。

ですから、そういうことでいえば、日本国はいちばん進歩していたんです。もうすぐ理想社会の一条件ができるじゃないかというところまで行っていたにもかかわらず、それをわざわざ三流国家、四流国家に引き戻すことはないいんです。

だけれども、そういうふうにしちゃったんですから、あとはいざという時には国民は主権を直接行使することができるという条項をつくる以外に、これを超える道はない。それしかないというふうに、僕自身はそういうふうに考えております。

それだけ重要な問題を、いま日本の国は抱《かか》え込んでしまったということがいえるとおもいます。

しかし、世界中の国を考えますと、盛《さか》んに国内で戦争しているとか、国家と国家で戦争しているとか、現在世界中至《いた》るところでそれがあるわけですけれども、これを防止する、この力の論理の中に入っていくということは、だめなことなんです。

だから、各人が持っている以外に平和というものはないんだといいながら、しかし各人が平和というものを持てるという状態にできるだけ近いほうがいいというふうにいうならば、九条というのは持っていた方が絶対的によかったわけです。

ところが、それをわざわざ解釈で自衛隊を国軍だと言ってしまった。これはどうしようもないやり方だと思います。こんなばかな話はないと僕は思うんですけれども、日本は三〇年ぐらい先へ行っていたのに、それで三〇年ぐらいは遅《おく》れちゃったというふうに考えたほうがよろしいとおもいます。

そこで、先ほど言いましたリコール権ということが問題になります。僕は「リコール権」という言葉を使っていますけれども、つまり国家というものを開くことなんです。国家を開くというのは、ほかの国家に対しても国家を開くという意味あいもあります。つまり、国際的に国家を開くということがあります。

これはたとえば、典型的《てんけいてき》にイメージがわきやすいのは欧州共同体《おうしゅうきょうどうたい》です。欧州共同体というのは、国家を持っていますけれども、しかしある部分だけは共通のあれをやろうじゃないかということで、ある部分だけは国家が開かれて欧州共同体として振《ふ》る舞《ま》うというふうになっています。あれは、国家の開き方のとば口の一つなんです。つまり、国際的にいえばそういうところにもっていくということが重要なことなんです。

それから国内的にいえば、国民大衆がリコール権というものを認めるということは何を意味するかというと、先ほど言いましたように、政府は一般民衆の利害《りがい》を主体に考えていないと、いつでもリコールされるんだよ、ということを意味しているわけです。

つまり、そういうふうにして政府が国民に対していつでも自分を開いている。過半数の国民大衆が文句《もんく》があるならば、いつでも自分たちは交代《こうたい》しますよという条項がリコール権なわけですけれども、それを設定しますと、ある国家は自分の民衆に対して開かれるということになっていくわけです。全部開かれるわけじゃないですけれども、半分ぐらいは開かれている状態というのが、そうすれば実現できるわけです。

国家が閉《と》じてしまって、国家の自由に軍隊を動かしたりすれば、いつだって平和というものは脅《おびや》かされるということはあるわけですけれども、国家が開かれているとその開かれたところから一般大衆のリコール権というのが政府に届《とど》きますから、それを阻止することができる。

もし悪いことをしたら、それを阻止することもできるということがあるわけですけれども、リコール権ということは国際的な意味あいでは一種の国際間の国家における利害関係のうち共通なものは開いていくというやり方から、徐々《じょじょ》に共同国家、あるいは連合《れんごう》国家みたいなものに移《うつ》っていくという状態になっていくのが理想ですが、欧州共同体はそういう意味あいでは一歩先《さき》んじたやり方をしているということができます。

日本国は九条を持つことによって国軍を持たないという理想社会の状態を持っていたわけですけれども、それを解釈によって合憲だと言ってしまって、実質上国軍を持ったということになってしまっているような状態です。

そうしたら、われわれ一般大衆が「そうはいかないよ」というふうにするにはどうしたらいいかと考えますと、先ほど僕が戦争の条項のところで言いましたように、戦争そのものをなくするという方法はちょっと絶望的なんですけれども、しかしリコール権というのがある限り何とか半分くらいは戦争を阻止する効力《こうりょく》が持てるんじゃないかというふうに、僕は考えます。つまり、そこのところがいちばんの考えどころの中心になると思います。

　政治というのは政府が代わればまたちがう政策が出てくるわけですけれども、究極的《きゅうきょくてき》に言いますと、どんなふうな政府ができましてもリコール権があれば何度でも国民の主権というものをためすことができますが、なかなかリコール権というのを獲得《かくとく》することはできない。政府は非常に不満足なことしかしないとか、戦争を勝手《かって》にやりはじめようとしたというようなことになっても、それを止《と》めることはできないとおもいます。

　ただ、希望《きぼう》に類《るい》することがただ一つあるとしますと、現在の世界でアメリカ及《およ》び欧州共同体の先進的《せんしんてき》な国とか日本とかというのは、経済的にいいますと消費過剰《しょうひかじょう》の社会になっているわけです。ということは何かといいますと、皆さんの所得《しょとく》の半分以上が消費につかわれています。

　もっと極端なことをいいますと、所得の七〇～八〇％は消費につかわれているという状態になっています。そして消費につかわれる部分も、家賃《やちん》とか光熱費《こうねつひ》とかという毎月要《い》るという消費と、つかわなければつかわなくてもいいという消費の額《がく》があります。それが全消費の半分以上になっている。

アメリカと、欧州共同体の先進国のフランスとかドイツ、それから日本というのは、大体その条件を持っています。この条件を持っているということは何を意味するかといいますと、要《よう》するに経済的なリコール権がすでに民衆の中にあるということを意味しています。

政治的なリコール権というのは憲法なら憲法に書き込まなければいけないですけれども、経済的なリコール権ならば、先進国では国民大衆の中にそれはあるんだということを意味しているんです。

これはとても希望なんです。つまり、皆さんの中で選《えら》んでつかえる消費の部分が所得のうち半分以上を占めている。そして、全消費のうちまた半分以上を占《し》めている選んでつかえる消費、今月は節約《せつやく》だから旅行《りょこう》に行くのはやめようとか、映画《えいが》に行くのはやめようとか、洋服を買うのをやめようとかというふうに、自由にやめたりやめなかったりできる額が半分の半分以上、つまり四分の一から二分の一の間のところを占めているわけです。

そうしたら、これは潜在的《せんざいてき》なリコール権を持っていることを意味します。

わかりやすくいえば、たとえば皆さんが一斉《いっせい》に一年の半分ないし一年間我慢《がまん》に我慢をして、選んでつかったり遊ぶためにつかっているのをやめようじゃないかということをやったら、それで政府は潰《つぶ》れてしまいます。経済規模《きぼ》が四分の三から二分の一のところにおちてしまいますと、どんな政府ができても潰れてしまいます。

それがなぜ潰れないかといったら、要するに皆さんが一斉に行使しないからです。ある人は今月は節約しているからつかうまいと思うし、ある人はちょっと金が余《あま》っているから高いものを買ってみようというふうに、個々バラバラにそうしているから、いまみたいな政府でもちゃんと実現し得ているんですけれども、もし皆さんが一斉にやったらすぐに潰れてしまいます。どんな政府でも潰れます。

そのことは何を意味するかといったら、経済的なリコール権がすでに一般の人の手に移ってしまっているということを意味します。これはすごい希望なわけです。だから皆さんは、選んでつかえる額だけ節約して、生活程度なんか落とさなくたって、それを一斉にやりさえすれば政府は潰れます。それはどんな政府をもってきたって潰れます。

それだけの力は、経済的な先進国では、すでに民衆の個人消費の中にある。特に民衆の個人消費の中に大部分《だいぶぶん》の手が移っているということを意味しています。それをただ行使しないというだけであって、それはすでに潜在的には持っているということです。

いろいろな解釈があり得ましょう。いまは自民党と社会党の連合内閣で、今度どんな内閣ができるか知りませんけれども、ちょうど飛行機が墜落《ついらく》する時のダッチロールみたいに様々に変わったりすることはこれからもあり得るでしょう。そして変わったりするのは選挙民のせいだとか、おれたちがこう連合したからだとか、政府とか政治家の諸公《しょこう》は思っているかもしれないけれども、僕は本当はそうじゃないと思います。

潜在的な主権といいますか、リコール権というのがみんなの手に移っているからだとおもいます。みんなの手に移っているから、誰がやってもそんなに長続きしないし、誰がやってもそんなに代わり映《ば》えすることはできないということになっているとおもいます。

それは現在の日本だけではなくてアメリカもフランスやドイツもそうですけれども、そういう先進国における社会国家の状態をもし産業的《さんぎょうてき》に見ていくならば、すでにそういう状態に先進国は入っているということを意味するとおもいます。

これは大変な希望だとおもいます。つまり、誰が政府になったって、民《みん》衆《しゅう》の賛同《さんどう》なしには、そんなにむちゃくちゃなことはできないということになりました。もっと極端なことを言いますと、現在、不況《ふきょう》だ、不況だといわれていますけれども、不況を脱《だっ》するには最終的にいって皆さんの個人消費が増える以外に方法はないんです。どんなことをやってもだめです。企業家《きぎょうか》の方《かた》もおられるかもしれないけれども、企業体の経常《けいじょう》利益が増大したり設備投資が増大すれば不況を脱するというふうに考えているかもしれませんが、それは違います。反対です。皆さんの個人消費が増えない限りは不況から脱することはあり得ないと、僕はおもいます。

つまり、それだけ経済的なリコール権というのが民衆の中に移っているということを意味します。

いまは不況だとか、あるいはやや脱しつつあるとか、経済企画庁や専門《せんもん》の企業体の首脳《しゅのう》やエコノミストが言いますけれども、それは本音《ほんね》をいえばちょっとちがうのです。

たとえば皆さんが個人消費につかういちばん直接的なのはスーパーとかコンビニとかデパートとかいうのを考えればいちばん考えやすいわけですが、いまスーパー、コンビニの次元《じげん》までは日本国の経済は不況を脱出していいます。だけれども、その上の百貨店《ひゃっかてん》という次元になると、もう三五〜三六カ月不況状態です。これがなかなか好転しない。だけれども、それより少し規模は小さいですけれども、スーパーとかコンビニエンスストアーの次元では、もうすでに不況から離脱《りだつ》しています。それはデータを見ればすぐにわかります。

ですから、不況、不況というけれども漠然《ばくぜん》と言わないで、どの層《そう》まで、あるいはどの範囲《はんい》まで、どの種類の企業体までは不況を脱していて、どこからどこのどういう種類の企業は脱していないというういい方をすれば、いちばんわかりやすいんですけれども、もうスーパーやコンビニのところの次元では不況を脱出《だっしゅつ》しています。だけれども百貨店の次元ではまだ不況は脱出していません。

ましてや鉄鋼《てっこう》産業とか製造《せいぞう》業というのは脱出していません。ですから、漠然と「不況」といわないで、どこいらへんまでは不況を脱しているかというふうに考えるのがいちばんいいとおもいます。

皆さんだって、様々な職種《しょくしゅ》の人がおられるわけでしょうけれども、「おれはちょっと不況を脱したぞ」というふうに言える人と、そうじゃない人がいるとおもいます。それは非常に簡単にわかるので、前月に比べて今月の自分たちの消費した家計《かけい》消費が増えたか減《へ》ったかというのと、今月と前の年の今月と比《くら》べてみて、今月のほうがつかっている額がおおくなったかどうかを見て、おおくなっていたら自分は不況を脱していると考えてよろしいわけです。

まだ脱していない人もいるわけですが、それは「これはいかん」とおもった方がいいわけで、それは非常に簡単に理解することができます。

つまり、その程度のところに日本の社会は行っているわけです。これは様々な要因《よういん》がありましょうけれども、帰《き》するところは、平和というものの主導権《しゅどうけん》が潜在的に皆さんの個々の経済生活の中にもうすでに握《にぎ》られているということを意味します。

これは、たとえば村山内閣がルワンダに自衛隊を派遣《はけん》したら、派遣した国の人たちに「よけいなことをするな」といって鉄砲《てっぽう》で戦争をしかけられたら、やっぱり鉄砲で撃《う》ち返す以外にないわけでしょう。

そういうのは本当に悪いボランティアなんですよ。だけれども、いいボランティアというのはあるわけなんです。いいボランティアをやるかやらないかという問題は、もうすでに個々の人の生活の中に握られていっているということを意味します。

先頃《さきごろ》の阪神《はんしん》地区、特に神戸《こうべ》地区の大震災《だいしんさい》の時に、救援《きゅうえん》のボランティアについて動きがよかったということがあるでしょう。非常にそれが目立《めだ》った。あれはなぜかといいますと、経済主権が個々の人の中に握られているということが根本的な問題なんです。

それからもう一つは、第三次産《だいさんじ》業のうちのスーパー――たとえば神戸だったらダイエーという中内㓛のところですが――の次元までは不況から脱しているわけです。だからダイエーの動きは、ものすごくよかった。とにかくすぐに何億円か寄付《きふ》して、翌日《よくじつ》か翌々日ぐらいにはほかの支店から日常の商品を全部神戸地区に集めて、それからすぐに被災者《ひさいしゃ》に対して安売《やすう》りを始めています。

それは利害ももちろん切実《せつじつ》だからでしょうけれども、それだけの見事《みごと》な動き方はダイエーがいちばんした。なぜかというのは、いちばん考えやすいのは、要するにスーパーダイエーの次元まではもう不況を脱しているし、特にダイエーの中内切というのは有能《ゆうのう》な企業家ですから、臨機応変《りんきおうへん》にそれがすぐできるわけです。すぐ安売りして分《わ》けちゃうということをやっている。

それから、あとは学生さんから一般市民における個々のボランティアの人の活動というのは、非常に目立つわけです。なぜそれができるかというと、経済主権を本当は個々の人が持っているからなんです。神戸大震災のいちばんおおきな特徴《とくちょう》は、そこだとおもいます。それが非常に顕著《けんちょ》に目立つ特徴なんです。

僕等の専門の領域《りょういき》でいいますと、僕等が本を書いたりするとボランティアの人が来る。どういうふうに来るかというと、「あなたの本を目の見えない人にも読ませたいから、点字《てんじ》に直《なお》す許可《きょか》を得たい」という通知がボランティアの人から来ます。もちろん「いいですよ」と言うわけですが、そういうふうに言ってくる口調《くちょう》をみると、命令口調じゃないですけれども、ボランティアの人からいわれたら承知《しょうち》するのは当然《とうぜん》だぞというような、「何でこんなに威張《いば》るの？」という頼《たの》み方《かた》をするんです。

そうするとこちら側は、「いいよ。反対《はんたい》する気はないよ。目の見えない人に読んでもらえればいいから反対する気はないけれど、もうすこし言いようがあるだろう」ということが、このへんにモヤモヤと残るわけです。

つまりボランティアというのはそういうものだという先入見《せんにゅうけん》を僕は持っていましたけれども、あの神戸の大震災のボランティアの人の活動はそうじゃないんですよ。

あれはやはり自分の生活主権はすでに自分が握っているということがありまして、それはゆとりといえばゆとりなんでしょうけれども、被災者の痛《いた》みもよくわかったということで、あれは非常に新しい兆候《ちょうこう》なんです。

それは企業体もそうなんです。大企業がそう動いたかどうかは知らないですけれども、少なくとも第三次産業のダイエーみたいなスーパーの次元、つまり不況を脱出した次元での企業体というのは、本当に惜《お》しげもなく金も寄付しましたし、品物《しなもの》を集めては被災者に安く売るというようなことも、翌々日ぐらいからすぐにやっているわけです。それはなぜかといったら、スーパーの次元までは不況から脱して、経済的主権をもちろん握っていますし、それを行使していったということがあるものだからそれができている。

これはたとえば関東大震災とか、戦争期における三月一〇日の大空襲の時のわれわれの社会の状態といまとが全くちがう。新しい形というのは根《こん》本的《ぽんてき》にいえばそこのところに現われているとおもいます。

戦争の時と、平和な時の国内の天災《てんさい》とは違うじゃないかというのは、もちろんそのとおりですけれども、個々の人が受け取る被害とか、死とか、それの救済とか、それからの回復《かいふく》とかということを考えれば、そこのところが大変《たいへん》よくちがっているところで、そこはやはり注目《ちゅうもく》しなければならないし、そういう次元では自分たちの生活主権の非常にいい行使《こうし》の仕方《しかた》というのは何なのかということは、やはり考えるに値《あたい》するようなことだと、僕はおもいます。

これに対して、政府や政党、政党の支配下にある労働組合とか自衛隊の対応《たいおう》の仕方のだめさというのは、やはり注目に値するので、僕が申し上げましたとおり、本当をいうと経済主権が一般の民衆の中に移ってしまっているということが、とても大きな理由だと思います。

ボランティア的な行使の仕方であっても、政府をリコールできるという行使の仕方であっても、そういうことが法律的《ほうりつてき》にも明文化《めいぶんか》されて書き込まれていたら、もっと自由な振る舞い方ができるのです。だから、そこがいちばんの課題になるとおもいます。

それは産業的にみても政治的にみても、それから個々のわれわれの生活からみても、やはりそこがいちばん重要なポイントになるだろうと、僕にはおもわれます。

いまの日本の社会の現状というのは産業経済的に言えばこういう形態だということと、それからこういう状態からいいボランティアと悪いボランティアというのがあるとおもうんです。

つまり、自衛隊をルワンダに派遣するなんていうのは悪いボランティアです。だけれども天災が起こった被災地で、誰からどう言われたわけではないけれどもボランティア活動をするとか、スーパーが物を安く分けるとか、奉仕《ほうし》の面でいえば日本のマフィアと言われている山口組が無料《むりょう》で物《もの》を被災者に分けたということとか、そういう兆候は非常に新しい兆候で、その新しい兆候の根本的なところを司《つかさど》っているのは、そこの問題だとおもいます。

つまり、〝これこそが平和〟ということが個々の人の個々の生活の中にありながら、しかしもしある急な場面が来た時にどうするんだという場合、それはボランティア活動ができるということとの意味だとおもいます。

日本の社会がそういう状態になっているし、また世界における先進国というのはそういう状態になっているんだということが、とても重要だし、平和というのが個々の手にありながら、でも何かボランティアする方法があるとすれば、そういうやり方があるんだということです。

政府がボランティアをやればルワンダに自衛隊を派遣するというような人の命に関《かか》わることを軽々《かるがる》しくやるし、また「自衛隊は合憲だ」みたいなことを軽々しく言う。しかし、それはとんでもない話で、悪いボランティアなんです。

それから、もう一つ重要なことがあるんです。これはやはりボランティアの問題なんですけれども、たとえば韓国人《かんこくじん》の慰安婦《いあんふ》だった人たちから賠《ばい》償《しょう》しろとか補償《ほしょう》しろというのが出てくるでしょう。そうすると政府は何をするかというと、言葉だけは「われわれは戦争を反省《はんせい》している」みたいなことを言うけれども、何もしないわけです。

だから、戦争を反省するなんて言葉で言わなくてもいいから、そういう補償問題が出てきたら永世《えいせい》補償――自分たちの内閣が潰れたって次の内閣がやるという形――でやる。予算《よさん》が足《た》りないからなんていうんじゃなくて、どんな小さい額《がく》でもいいからあくまでも補償しますよということは、厚生大臣所轄《しょかつ》でも何でもいいから、しなければいけないんです。それがいいボランティアなんです。

韓国人慰安婦の問題が出てきた。それでは次は何かというと、広島・長崎の原爆《げんばく》の被害者の人たちがやはり補償を求めるということが出てくる。そうしたらやはりそれは補償するというふうにして、厚生省所轄でもいいから、そんなことは口で言わなくていいから黙って小額《しょうがく》でも必ず補償する。いくらかかっても代々《だいだい》それはやるということを実行していくというのが政府としてのボランティアなので、もうそこへ行かなければいけないという段階にきているのに、行かない。やらないんです。それじゃだめなんです。

仮《かり》にそこまでやったとして、その次はどうなるかというと、それは皆さんから出てくる。

江東地区で、九万三〇〇〇、あるいは一〇万という人間が死んでいる。これは自分の父親だとか母親だとか、おじいさんだとか、いろいろあるわけですけれども、次に戦争の犠牲者を補償しろというのが出てくるかもしれない。そうしたら、条件なんかつけないで、「絶対的に補償します」と断言《だんげん》して、金が足りないなら、何年かかってもそれはやりますというふうにして代々の内閣で受け継《つ》いでやるということをやらないとだめだとおもいます。

それが本当のボランティアなんです。それをやらないで言葉だけで過《す》ごして、ルワンダに自衛隊を派遣したり、「自衛隊は合憲である」と言ってみたり、悪いボランティアしかできない。これがいわば、いまの政党の限《げん》界《かい》ですし、またいい気なところだというふうにいえばそうなんです。

つまり、皆さんだってそんなに自覚《じかく》しているわけじゃないけれども、経済的にならばいつだっておれはつかわないよ、半年我慢するよというふうにやれば、それでリコールしちゃうんです。

皆さんはたぶん個々別々に自分の生活の中で選んでつかえる消費を減らしたり増やしたりしておられるにちがいないんですけれども、それは個々バラバラにやっていくからあんまりよくみえないんですが、一斉にやったらすぐにみえます。

これが重要なんだということに政府が気がつけば、本格的なボランティアをやると思います。ボランティアの問題というのはすでにそこまで来ているし、悪いボランティアはもうやめるべきなんですけれども、それがわかっていないんです。まだ自分たちは偉《えら》いから大臣《だいじん》になったとおもっているわけですが、そんなことは絶対ないです。すでに、そうであった時期《じき》は過《す》ぎました。

少なくとも経済的には過ぎてしまっているというのは自明《じめい》のことであって、そうなっているということがわかったらもうすこしいいボランティアをするとおもうんだけれども、せっかくいいボランティアの機会《きかい》があっても、それはしないんです。そして悪いボランティアの機会があるとするわけです。

わざわざ自衛隊を海外《かいがい》に派遣するということは、反対に考えたらすぐわかるでしょう。つまり、よその国からやって来て自分たちで勝手《かって》に振る舞って、自分たちがそこを管理《かんり》して平和にしているみたいな顔をしている。そうしたら、中の人はおもしろくないでしょう。そういうことはあるわけです。

極端《きょくたん》なやつがいて、おもしろくないといって鉄砲《てっぽう》を撃《う》ちはじめたら、やはり応戦《おうせん》する以外にないわけだから応戦するでしょう。そうしたら、それは戦争に入ったということを意味するでしょう。そんなことをわざわざ決めるばかはいないわけですけれども、それもやっちゃうわけです。

僕等からみると、そういうことに精力《せいりょく》を使うと二〇～三〇年は日本の国は遅れてしまうんです。だからそれは絶対に悪いボランティアなんです。それはやらないほうがいい。

つまり帰着《きちゃく》するところ戦争と平和の問題というのは、戦争の問題は絶対に国際的な問題としてどこまで考えれば戦争自体《じたい》が終わるかということはある程度詰めることはできますが、平和の問題は個々の人たちの問題にあります。しかし、戦争をするとかしたいという勢力《せいりょく》に対して影響を与えることは、個々の人によってもできるわけです。

つまり、生活主権がすでにあるために、いいボランティア権というのがすでに大衆の中に入ってきているということがいえるとおもいます。だから、いいボランティアというのは、いつでも行使できるという状態に皆さんがあるということは、経済統計上《とうけいじょう》、明瞭《めいりょう》にみえることであって、それは疑いない。

現在の状態、つまり戦争と平和という問題を解《と》ける最終《さいしゅう》のところというのはこういうところだよとか、平和についてはここだよとか、戦争についてはここまであれすれば解けるよという問題は、少なくともだんだんと明瞭になりつつあるというのが現在の状態で、この状態がはっきり一人一人の生活の中に反映《はんえい》してくるというふうになりましたら、生活権が同時にボランティア権になり、そして経済問題というのは等価交換価値論《とうかこうかんかちろん》じゃなくて、一種の贈与《ぞうよ》価値論といいましょうか、そういうところに移行《いこう》するだろうというふうに、僕にはおもわれます。それがだんだんとみえつつあるというのが、僕の見ている現状《げんじょう》です。

ですから、戦争と平和の問題を最終的に解決する方法というのは、たぶんもう皆さんの手の中にあるということ、それから世界における先進国の手の中にあるということは明瞭なことであって、それはやがてあからさまになってくるでしょうけれども、いまのところ潜在的にしかそれはみえていないというのが現状だとおもいます。

「戦争と平和」という課題に対して、現在僕等が見えていると思っていることの最終的な要約《ようやく》というのは、ここのところに帰着してしまいます。僕等が考え得ているところはそこまでの問題で、それ以上の問題というのがなかなか考えられないでいる状態ですけれども、少なくとも僕等が考えている状態の要約したところは皆さんにお話しできたんじゃないかとおもいます。

これが戦争と平和についての皆さんの考え方に少しでも何か参考《さんこう》になることがあれば、非常に嬉《うれ》しいとおもいます。

これで終わらせていただきます。

［「戦後五〇周年」記念講演。一九九五年三月一〇日　於・東京都立化学工業高校講堂］

近代文学の宿命

——横光利一について

横光利一《よこみつりいち》（一八九八〜一九四七）という作家は、戦後ずうっと自分自身にとっておおきな宿題でした。今年の二月頃に横光利一について書き、一応、自分なりに気持の整理がついたと感じています。

僕は、戦争中に、たぶん今よりも一生懸命に同時代の日本の文学に関心を持ち、雑誌が出るごとに追いかけて熱心に読んでいたとおもいます。そのおりに、雑誌が出るごとにどうしても追いかけてでも読まざるを得ない作家は幾人《いくにん》かおるわけですけれども、その一人が横光利一でした。

日本の文学の歴史のうえで芥川龍之介《あくたがわりゅうのすけ》（一八九二〜一九二七）を大正から昭和初期の時代を象徴する作家と考えますと、その後に横光利一を掴《つか》まえてくると昭和時代文学の姿をよく象徴できるとおもいます。いってみれば巨大な作家と考えます。しかし、なぜか、戦後になり急に横光利一が取り上げられたり読まれたりすることが、それほどおおくなくなったのではないかという気がします。その理由は幾つかおもい当たることがあります。

その一つとして横光利一という作家は、通俗的な作品をおおく意識して書いたということが、引っかかる問題のようにおもいます。

つまり、通俗的な作家が通俗的な作品を書いたということでしたら、それ自体がその作家にとって文学の本道ですから、何でもないことですが、横光利一は、当時、文学の神様と言われたように、純文学中の純文学作家として自分を始めていった作家ですから、ある時以降、通俗的な作品を書きはじめたということ、その通俗的な作品をどう位置づけるかわからないことが、横光利一を論ずる場合の大きな問題のようにおもいます。つまり、横光利一は論じにくいところがあるとすれば、そこにあるような気がします。ですから、横光利一を論ずる場合、大抵の人は、初期の横光利一、つまり、新感覚派時代あるいは、『機械』や『時間』のような心理主義的な時代の横光利一を論じますが、それ以降、通俗的な作品を書きはじめたところの横光利一を誰もよく論じていません。そのことが何となく黙らせてしまうおおきな問題として残されているようにおもいます。僕が横光利一を戦争中に読みはじめて熱中していったのは横光利一の通俗的な作品からであり、そこから長編『旅愁』へと作品を一生懸命に追いかけて読んでいったことを覚えています。それで、自分自身にとってもそうですが、通俗性とは横光利一にとって何なのかということが一つあるとおもいます。

それから、もう一つ。僕は戦争中、それほど変わったところのない軍国主義的な青少年だったと思います。文学者たちが戦争に傾いていく、いわば、西欧的近代思想あるいは近代文学の精髄も身につけながら――昭和一一、二年頃からでしょうか、次第に戦争にのめりはじめていく頃、横光利一は日本的な感性、日本的な思想というものに深い関心を示し傾斜していきました。横光利一は、『旅愁』の中で、西欧の文化と日本の文化というもの、西欧の文学と日本の文学というものとの角逐《かくちく》の問題とか、それがどういうふうな動揺で受け入れられて、どういうふうな動揺で消滅するかという問題を、自分の問題として作品の中に封じ込めていく作品形成をしていきました。ちょうど戦争が終わった時に、その当時の大多数の民衆がそうであったようにいわば、文学者として、あるいは文学作品として挫折あるいは中絶してしまったということがあります。敗戦直後の風潮は一夜でいろいろな価値観がひっくり返ってしまった時代でしたから、横光利一が追いつめていった問題は、戦争が終わった時に強引に中断させられてしまったということができます。横光利一自身も、敗戦の打撃から立ち上がれないで、緩慢《かんまん》な自殺をした人だというふうに僕自身は考えています。

そこのところで横光が作家として最終的にこだわった、西欧の文明と日本の文化というもの、あるいは西欧の文明を日本の近代はどういうふうに受け入れてきたのか、どのような角逐の仕方をして、どこまでが身に着き、どこまでが身に着かなかったのか、あるいは、どこまでが軽薄で、どこまでがそうでなかったのかという、横光が文学として最後に追求していった問題自体が、横光利一にとっても、あるいは日本の文学としても未解決のまま中断してしまったとおもいます。その中断の衝撃のようなものから立ち上がれないままに横光利一は死んでしまったとおもいます。横光利一は、胃潰瘍《いかいよう》とか、胃癌《いがん》とか、いろいろそういう名前のつく病気で亡くなったのでしょうが、精神の方から先に自分を自然消滅させていったといってもいいくらいに、いわば緩慢な自殺であったとおもいます。

一生懸命に横光利一の文学作品を追いかけていった僕自身も、この世の終わりじゃないのかというように、敗戦を受けとめたとおもいます。僕自身はそこのところで、緩慢にしろ、急激にしろ、どうして死ななかったのかということがあるとおもいます。おもうに、その時、横光利一は相当な年齢でもあるし、自己形成も確かに遂《と》げ、確かな考えを持ち、そして、確信を持って言葉に表現してきたすべてが中絶させられたという打撃があったのでしょう。しかし、僕はまだ二〇歳ちょっとの若さであり、精神的にまいっても肉体的にまいれないことがあって生き延びてきたんだろうなあとおもいます。それから、もう一つは自分では自己形成を一人前に完全にしているし、自分なりの考えを持っていたとおもっていたわけですが、未熟なものであって、いわば外からの影響をたくさん受けて、自分自身を枯葉のように揺《ゆさ》ぶらせて、尚且《なおかつ》、生きていくことができるという、自己形成の未熟な青年だったことが、自分を生き延びさせてきたことの要因だったとおもいます。

僕自身が、そのことがどうしても引っかかって、本来なら生きていることが恥ずかしいといいましょうか、ちょっと顔を上げて歩けないというような感じに何年も悩まされました。自分でそれをどういうふうに脱却するか、生きていく目途《めど》をどうつくっていくか、自分をどう形成していくか、ということが、たぶん自分を文学に近づけていった動機であり、ものを書くようになっていったことの背後にある課題であったとおもいます。また現在も、自分にとって思想的に、文学的に引っかかっている問題であるとおもっています。

自分なりに生きてきたわけですから、自分なりの解決の仕方はしてきたようにおもいます。

その解決の仕方にはべつに普遍性があるとも考えませんし、人に誇れるものでも何でもないですが、自分なりの解決の仕方をしてきたのではないか。もし、横光利一が戦後に生きてきたとしたら、また自分なりの解決の仕方をしたのではないかとおもいます。もう戦争が終わって四〇年近くも経過しているわけですが、そういうふうに時間が経過してみますと、何というか、自分を否定してみたり、あるいは自己肯定をしてみたりしながらやってきた道筋は、それぞれの人でちがってしまっているでしょう。僕は僕なりに、その自分を三〇年運ばせてきたような気がいたします。戦争中と戦後、いわば、一夜にして断層のようにちがってしまった価値観の中で、死にもしないで生きさせてきてしまったということから、横光利一という作家を一度自分の中で振り返ってみたいという課題を抱えてきました。そして、横光利一に自分が傾倒していたところとちがうものがみえるとしたらば——ちがうものというのは、欠点であり、欠点としてみるか、またそれはああ、こうであったのか、こういうことはその当時、おれはわからなかったが、今は何となくわかるような気がするということがあるとすれば、僕自身、戦後何十年もかかって自分を形成してきたことが、その中に含まれているにちがいないとおもいます。そしていま何とか振り返ってみたというようなところで、二つのことを言えそうな気がするんです。

その一つは、先程言ったように、横光利一が自分自身で意識的に辿《たど》っていった通俗性とは何であったのかということです。

もう一つは、やっぱり、横光利一がさかんにこだわっていった、西欧の文化と明治以後の日本の近代とどこがどういう食いちがいが生まれてきたのかという問題についての理解の仕方ということになるとおもいます。

そこで、何十年か経過して横光の作品を振り返って読み一生懸命に辿ってみて気がついたことは、ほんの僅《わず》かなんです。僕自身、戦後三〇年も四〇年も経過して進歩したことがあるとすれば、どうも、そのほんの僅かな所にしかないというような、いかにも情無い結論になってしまったわけなんです。それは我ながら情無いけれども、やはり、それだけしかないのだから致方《いたしかた》がないとおもいます。

通俗性ということで気がついたことがあります。

横光利一が意識的に辿っていった通俗性ですけれども、その時に横光利一は自分で『純粋小説論』の中で書いています。横光利一が通俗性の条件として挙げていることが二つあります。

その一つは感傷性ということです。つまり、センチメンタリズムということです。

もう一つは偶然性ということなんです。

つまり、作中の人物及びその作中の人物の扱い方が感傷的であるということ、もう一つは偶然性に頼る、つまり、作中の人物がこう振る舞い、そして、こういうふうに構成されるということでなくて、偶然の状況を作り上げて、そして、作品の中での人物の動きを解決してしまうということ、この二つが通俗性の条件ではないかと横光利一は言っています。

そして、自身も純粋小説論の考え方を基《もと》にして、通俗性のある小説を書いていくわけです。その場合に、横光利一が純粋小説を書く、つまり、今でいえば通俗小説なんですけれども、通俗小説を書く、書き方の条件、なぜそういうふうに書くかという必然性として挙げていることがあります。

それは、日本の純文学とか私小説を考えてみると、作者の私とか、作中の主人公の自己告白とか、自分の主観的な考え方を基にして主人公に仮託《かたく》して作品を展開させ、そして、作中の人物を動かしていくところに基本的な線がおかれています。しかし作中の人物はそれぞれ個性がちがうわけだし、それぞれの思想、考え方をもって行動します。本格的な文学作品というものを考えますと、作者がなしうることは、自己告白でもなければ、自分の内面性を投射した一人の主人公を登場させて、その人物を中心にして作品の構成を展開させていくということではなくて、作中人物それぞれを同じような重さで扱い、そして作品中で、それぞれちがった考え方をし、ちがったことをいい、ちがった振る舞いをする諸人物を、それぞれに追いかけていかなければならない。どうしてそれを可能にするかといえば、作中のそれぞれの登場人物の中に作者の方が自己移入していって、それぞれの人になっていかなければいけない。そうすると、作者は、極端にいえば登場人物の数だけ自分が感情移入していかなければならない。その必然性をどうやって作り上げていくかといいますと、それぞれ振る舞い行動する作中人物に作者自身が感情移入しながら、作者自身の思想を作中人物と対面させていく、擦《す》り合わせていく、それが純粋の形でできなければいけない。それでなければ本格的な小説にならないのではないかということが、横光利一が通俗的な作品を書いていった根本的なモチーフになっています。そして、これはすこし考えますと確からしくみえるわけです。横光利一はドストエフスキー（一八二一〜八一）の小説を挙げて、作中人物がどんなに感傷的な言辞を弄《ろう》したり、感傷的な振る舞いをし、またどんなにひんぱんに偶然性にたよって作品を解決しているかと指摘します。それにもかかわらず、ドストエフスキーの作品は大きなすぐれた作品を形成しているではないかというのです。この考えは横光利一が純粋小説論を展開し、そして自分が通俗小説を書いていく場合の支えになったようにおもいます。しかし、すぐにわかるように、複数の作中人物の中に純粋に感情移入していけるかどうかという問題は、もっぱら作者の力量に関《かか》わることだろうというふうにおもいます。たぶんそういうことは意識してできるわけでもないし、意識してそういうふうにされても、それは作品のできばえとあまり関わりはないのではないかと考えられます。ですから、そこら辺の所は横光はちょっと考え過ぎなところがあったんじゃないかとおもいます。

もう一つ、作中人物が感傷的であるか、あるいは物語の展開が偶然性によって解決されているかどうかということと、作者自身が自分の作品をそう表現していくことのなかに作者自身の必然的な内面の欲求があるかどうかということとは、全くちがうことです。その二つを混同することはできないだろうとおもいます。横光が本格小説と考えた条件は外側から数え上げたものとしてみれば、いかにもそのとおりだとおもえるんですが、外側から考えて、本格小説の条件が整っているからすぐれた作品になるか、ならないかということはまったく別のことです。つまり、登場人物が必然的な動きをし、必然的に振る舞い、構成自体として必然的な緊密さを持つ、ということと、それから、作者に、その作品を書かれるべき内面的必然がどれだけ強固にあるかどうかということとの関わり合いの中で、作品のできばえとか、善悪、価値みたいなものが決定されていくでしょうから、日本的な純文学的小説、私小説ともちがい、また通俗小説ともちがう本格的な小説ができるかどうかということとは、関わりがないことだろうとおもいます。横光自身が本格小説と考えて書いた作品はどうみても一種の通俗小説とみるより仕方がないんじゃないでしょうか。

通俗小説の条件を、横光のように、感傷性に支配されている、それから、偶然性に支配されているといういい方をしないで、言葉の方から通俗性を計《はか》る条件をかんがえてみますと、一つだけ挙げられるような気がするんです。

それは、言葉の表現と表現している作者の位置関係が曖昧《あいまい》になるということだとおもいます。

具体的にいえばどういうことになるかというと、例えば、作中の人物について作者が、ある描写をしているとします。二人の登場人物が、ある一つの場面の中で出合って、会話している場面を描いているとします。どのように描くかという作者の場所と描かれている表現との位置関係がはっきりしていなければならないということだけは確実です。通俗的な作品と考えられる、あるいは読んでみて結果的に通俗的でないかと考えられる作品をみますと、例外なく無意識にやっていることは、ある作者と表現されている場面との位置関係が明瞭《めいりょう》な描写の中に、突然、別の位置関係としか考えられないような表現がとびだしていってしまうことなんです。意識して別の表現の位置関係を、その中へ挿入《そうにゅう》していく場合は、一種の表現転換ということになります。ですから、意識された表現の転換は表現の一つの技術あるいは表現の必然として肯定できるものなんです。ところが、通俗性の条件はそういうことではなくて、ある明確な思想で描写されている一つの場面の中に、突然、全然、関わりのない、また作者自身もあまり意識してやっているのではなく、また作者自身にとっても曖昧な位置づけの表現が、その中に入ってしまうことなんです。

例えば、金沢の城下町の料理屋の一室で二人の登場人物が料理を食べながら会話をしている描写の中へ、突然に、金沢の名物料理は何で、おいしい料理は何であるというみたいな描写が入ってくるわけです。金沢の料理屋の一室で会話をしているというのは、その作品の場面を設定して描写しているものと、作者の位置づけは、極めて明瞭であるわけです。それはどのような表現方法を取ろうと、客観描写しようと、そうでない描写をしようと、それは明瞭な位置づけを持っているわけです。が、もし、その中へ、一番おいしい料理は何で、名物は何でという描写が突然入ってきたとしたら、それは作者と明瞭な位置づけを持って描写されている登場人物たちの場面との位置ではなくて、作者の個人的な主観が生のまま突然文脈の中に入ってきたことを意味します。これは作者が描いている金沢の料理屋や料理の描写に、作者がおもわず直《じ》かに触発され、ふっと作者自身の感想を言ってしまったことになります。それはそれとしてわかるんですが、そのことは作品を通俗的にしてしまいます。なぜかというと、そこのところで突然、作者の主観が生のまま描写の中に入ってきて場面自体の位置づけを曖昧にしてしまうわけです。

この種の混乱は、いわば、通俗小説あるいは純文学の作品だと主観的にどう作者が考えようと、世間の評価がどうであろうと、通俗的とみなされる作品が例外なくやっている混乱です。あるいは、逆にいうと、その種の混乱がみつけられる作品は、必ず通俗性を帯びてしまうということです。

僕は、言葉ということ、表現という問題にこだわってきましたから、そのことをよく考えました。ある作品はうまいけれども、ちょっと通俗的じゃないかとか、これはどうもどこかおかしいとおもうとか、しっくりしないなというようなことがあるとすれば、その種の無意識の混乱を作者が必ずやっているということがいえるとおもいます。

言葉と作者との距離感を意識して場面を転換したりすることは表現の技

術の問題でありますし、文学的な表現の必然の問題ですから、そのことはどの作品にもあるわけです。けれども意識的な転換でなくて、言葉と作家との距離をふと忘れてしまって、明瞭な距離感で言葉を繰り出している中へ突如《とつじょ》生の作者の感想みたいなものを挿入してしまう無意識の混乱が、言葉の面からみた通俗性の大きな条件のようです。

本格小説というように書かれた横光の通俗的な作品を、言葉として考えてみますと、その種の無意識の混乱を沢山《たくさん》やっていることがあります。例えば横光の小説の中で、主人公がこれこれの場所で、これこれのことをしながらとか、これこれの服装をしてというように精密な描写をやっている所があるとします。そういうふうにやりながらこの服装はほんとは不似合《ふにあい》でみたいな調子で作者の生の感想、評価みたいなものが、明確な表現意識からする描写の中に、入ってきてしまう。そんな混乱がしばしばみられることがあります。横光利一の代表作である『機械』という作品をみてみますとその種の混乱はたったの一カ所も存在しません。いってみれば、日本の明治以降の文学作品の中で、これほど明瞭な表現意識をもって書かれた作品はないとおもわれるほどです。初めから終わりまで明晰《めいせき》に作者と表現されている言葉の意識的な距離が計られています。言葉の転換の仕方はめまぐるしいにもかかわらず距離の取り方は意識され、計量し尽《つ》くされていいます。横光利一の『実はいまだ熟せず』とか『盛装』、『花花』、『天使』とかという通俗的な長篇作品と比べてみれば雲泥《うんでい》のちがいです。文学の本質は、面白さ、可笑《おか》しさがなくてもよいかどうかについては様々な見解があり得るでしょうが、少なくとも表現意識の曖昧さとか、混濁というものを取りだしますと、横光自身が本格小説として書いている作品の中に、混濁とか、混乱とか、不明晰さとか、唐突さがあり、横光が挙げた作品の構成の仕方として偶然性が解決しているということでなく、言葉の表現としての偶然性に支配されていることがわかります。感傷性とか偶然性とかといういい方を、大衆小説あるいは通俗小説の条件として考えるなら、言葉の表現の偶然性というようなことも作品の通俗性を支配するおおきな条件といえるとおもいます。そのことは横光が本格小説と考えて書いた作品が孕《はら》むおおきな問題のようにおもいます。それは横光自身があまりよくは気がつかなくて、時代と横光自身の文学作品に対する理念の取り方というものが、横光をそういうところへ運んでいったという必然性があるような気がいたします。

よく考えてみますと横光利一が文学者として出発した時期は、ちょうど芥川が自殺した前後の時期です。時代としてもきつい時期ですし、それから横光のような鋭敏で才能のある作家にとって、生きにくい時代であったとおもわれるわけです。横光利一はそれなりに、どうやってこの時代を潜《くぐ》り抜け、文学として内面的な広場へ自分の作品を出していくかということで、考えた解決方法の一つの結果がそうなったというようにもおもいます。しかし、後から振り返ってみて、通俗的とみなされる個所には、言葉の表現の運び方の中に明晰に見て取ることができる混乱と混濁とがあります。戦後に文学作品を言葉の問題あるいは表現の問題からどう考えていくかをすすめてきた過程で気づいたことはそういうことでした。

もう一つは、先程も言いましたように西欧の文化を日本の近代というものがどう受け入れ、どこまで身に着き、どこまでが身に着かなかったかという問題です。その問題の中で、横光利一は次第に西欧の近代に対して、たとえ依怙贔屓《えこひいき》であっても、日本の文化とか、日本の伝統とか、それから日本の近代以降の営《いとな》みとかというものを、どうしても対抗させ、あるいは対立させ、あるいは別な意味でいいますと、日本の文化、伝統に肩をもたせていくということにある時期から明瞭に力を籠《こ》めていきました。

日本の伝統の中にある美しさとか、素朴さとか、情緒というようなものは、西欧の文化のニュアンスには少なくともないもので、それは、横光が力瘤《ちからこぶ》を入れていった考え方によれば、世界に冠《かん》たるものだということになります。そのことは横光利一にとって次第に戦争の讃美の中に没入し、そして、思想として深入りしていくことを意味していきました。日本の太平洋戦争は日本の文化というものと西欧の文化というものとの戦いであるというところに、本格的にまた真剣に突きすすんでゆきます。そして敗戦の所で一挙に敲《たた》きのめされてしまったのです。敗戦は横光利一の作家的な命を早めていったもっともおおきな打撃だったとおもいます。

考えてみますと、横光利一が突き詰めていったことは、明治以降のすぐれた文学者たちがいちようにぶつかり、いちように考え込んでいった問題と全く同じです。それは森鷗外《もりおうがい》(一八六二〜一九二二)がぶつかっていった問題でありますし、また夏目漱石《なつめそうせき》(一八六七〜一九一六)がぶつかっていった問題でもあるわけです。鷗外がぶつかっていった仕方は、横光利一のぶつかり方とは少しちがう気がいたします。

鷗外のぶつかり方は、『舞姫』とか『うたかたの記』のような初期の作品によく現われているんです。

鷗外はヨーロッパへ留学し、そこでドイツ人の踊り子と恋愛する。しかし、鷗外は留学から帰ってしまう。すると、その女は跡《あと》を追って日本へやってくるが、鷗外と鷗外の一族が結局因果を含めて追い返してしまうわけです。追い返してしまうということが、『舞姫』の根本的なモチーフであるわけです。鷗外の立身出世の妨《さまた》げであるからということで、一族郎党が寄り集まって女の人を追い返してしまうのですが、森鷗外自身の考えでは、立身出世ということは何ものでもない。それはやはり、自我の問題、自我の自由、自己の内面性の自由ということにどこまで自分が忠実に対処しきれるか、どこまで自分が内面性の自由に即して生きていくことができるかという問題でした。もう一つは官僚であり、陸軍軍医総監としての自分の公的な地位の保持ということがあり、その二つを生涯、格闘させるわけです。そして、鷗外は生涯、二重の仮面を被《かぶ》り通せた、矛盾を自分の一身に背負った作家であるということがいえます。最後になって死ぬ時に、軍医としての最高官僚である自分はまっぴら御免《ごめん》だ、ただの石見《いわみ》の国の人森林太郎で沢山だという遺言をやって本音を吐きます。鷗外は一生そういう矛盾を背負ったわけです。むしろ鷗外という作家は、そういう矛盾を自ら好んだというふうにいうこともできます。

僕等でしたら、そんな軍医総監とかというようなものはやめっちまえばいいんだということになるわけですが、鷗外はやめることができないわけです。つまり、そういうところは俗っぽいのです。そういう世間的なことをよく弁《わきま》えた人であるし、世間的なことを重んじた人です。それもやりそして文学もやるわけです。それもやり、文学もやるということは普通の人にはできないことでしょうが、その矛盾を最後までやりきったところが、鷗外を偉大にしたでしょうし、鷗外の作品を緊張させた要因であるようにおもいます。

鷗外の西欧近代文学の受け入れ方の問題を考えてみると、いわば、恋愛ということは個人が個人を好きだということなんだから、その好きだということの前には、どういう世間的な思惑も、社会の重圧も問題にならないんだというようなところで、ドイツで好きになった女の人を迎え入れることによって、官吏、官僚としての自分を放ってしまうところへ行けなかったところに象徴されています。

横光利一の西欧近代文学あるいは西欧文化の受け入れ方は鷗外には似ていません。誰に似ているかといいますと、夏目漱石にもっともよく似ているとおもいます。

漱石は秀才としてヨーロッパに留学した人です。漱石はヨーロッパに留学してみて疑問に突き当たるわけです。

漱石の考えている文学概念、自分が教養として持っている文学は何だったかといいますと、その当時の教養として、いずれも江戸時代の文学であり、いわば、西鶴《さいかく》（一六四二〜九三）とか近松《ちかまつ》（一六五三〜一七二四）とか、江戸時代の漢詩文学なのです。鷗外もそうですけれども、漱石が持っている文学概念を決定しているものは漢詩文を基調にしたものです。ことに漢文学というものが漱石の教養の基盤になっています。漢文学とは何かというと、様々ないい方ができるんですけれども、いってみれば人間と自然との間で成立する文学です。天地山河といいましょうか、山や川、天地自然というようなものと人間の内面性との触れ合いの仕方というものから文学が出てくるというのが、漢文学を根本的に規定している文学概念だとおもいます。

漢文学にも内面性があります。つまり、われわれが考えているような内面性がありますが、しかし、漢文学における内面性は、山や川とかというものに触発されて出てくる内面性です。漱石はそういう漢文学の概念によって、文学を納得しながらヨーロッパに留学したのです。

ヨーロッパの近代文学の概念はまったくちがうものです。天地自然がどうであるかということはどうでもいいわけです。少なくとも西欧の近代文学にとっては、それはどうでもいいことなんです。西欧の近代文学の基本になっているのは、あくまでも人間には内面性があり、その内面性は他者にはわかることができない。それから、他者の行為を見てもその内面性はわからない。神があるとすればそれだけが内面性をたえずみている。神以外は誰にもわからない内面性の世界を個々の人間は持っているんだ。その内面性の世界というものは、どこまでおりていっても、どこまで広げていっても限りがないものなんだ。だから、どこまで追求していっても限りがない。外からはわからない内面性を知るものがあるとすれば、それは眼にみえない神みたいなものを想定するほかない。自分の行為の原動力となっている内面性を、見てくれているもの、あるいは見ているもの、審判するものがいるとすれば、眼にみえない神みたいなものだけだ、ということです。そうでないとすれば、自分の内面は自分が理解する以外に誰もわからないというような一種の孤独感と内面の無限性です。これが西欧近代文学における文学概念の根本にある問題であるとおもいます。

漱石は留学して西欧の本場に行ってみて、そこで文学概念の根本的なちがいに思い悩み、神経衰弱になって帰って来ます。漱石の神経衰弱は今でいうパラノイヤということになります。パラノイヤからくる、被害、関係妄想《もうそう》とか、あるいは追跡妄想とか、そういうようなものが、漱石自身でも言っている神経衰弱の根本的な性格です。漱石は、青年時代から伝統的に受け入れている漢文学の素養から来る文学の概念、つまり、自然に触発されて初めて出てくる内面性と、自然というものは問題にならない、あくまで人間と人間との間の内面的な関係というところに文学の本質があるという西欧文学の概念のあいだで本格的に思い悩むわけです。その思い悩み方は作品の中でどういうふうに現われてくるかと申しますと、横光とよく似ているのですが、根本的になっているモチーフは近親や親友のような近しいもののあいだの三角関係だとおもいます。たとえば『こゝろ』という作品がそうですし、『それから』とか『門』とか『行人』とかという作品もみなそうだとおもいます。漱石の文学が根本的に引っかかっている問題は近しい男女のあいだの三角関係の問題です。しかも夫婦と兄弟との間の関係であってみたり、あるいは親友と一人の女の人のあいだの三角関係であってみたり、様々《さまざま》ですが、いずれも、親しい男が一人の女性をめぐって葛《かっ》藤《とう》するとか、夫婦にたいしてべつの一人の近しい男性が加わるというふうな三角関係を、人格破壊というようなところまで突き詰めていきます。これが、漱石文学の根本モチーフになっていきます。漱石作品の中でこの根本的モチーフを免《まぬが》れているのは、初期の作品だけだとおもいます。つまり、『坊っちゃん』とか『草枕』という作品は免れているし、一番最後、未完のまま終わった『明暗』には、その問題があらわには出てきません。この漱石の文学作品の営みは、本当は何を意味しているのかということです。漱石にとって三角関係を突き詰めることのなかに、西欧文学と自分が教養として自然に受け入れられる漢文学の問題、その文学的な思い悩みの問題が象徴的に表現されたのだというふうに読むことができます。これは全く男女の三角関係を扱っていると読むことができますが、同時に、漱石が西欧文明と日本の文化との葛藤を扱っているというふうに読むこともできます。そういうと三角関係というモチーフは通俗的になってしまうのですが、必ず、一人の女性がいるとその女性を二人で好きになってしまう。あるいは二人が親密になってしまう関係が描かれます。そして、漱石が力瘤を入れて主人公のように設定している人物は、三角関係の中で、女性とそこに近づいてくる自分以外の一人の男性との間を疑い、そして、女性というのは本質的に自分の性というものを決定できない存在じゃないかというような、漱石の根本的な疑問みたいなものが必ず現われてきます。女性と二人の男性をぎりぎりに追い詰めていった場合に、女性というようなものは自分を決定することができないのではないか。あるいは女性がどちらかに決定することは、本質的にできない存在じゃないかという疑い、あるいは本質的に男と女は理解できないじゃないかというような根本的な疑念というようなものが必ず現われて、その作品を終わる、それが漱石の作品の根本的なモチーフです。そのことを象徴的にいいかえますと、一人の女性というものを西欧の近代文明とか、あるいは西欧の近代性というものの象徴というふうに受けとめて考えることができます。ぎりぎりに追い詰めていく二人の男性のうち、男性は女性と理解し合うことはできないのではないかという疑いを持つ主人公は恰《あたか》も西欧近代文学の概念あるいは西欧文化に自分達はどうしても同化していくことができないのではないかという、漱石のぎりぎりの悩みを象徴していると考えてよろしいかとおもいます。漱石の文学、根本モチーフとなっている三角関係は文明史的な漱石の悩みを象徴しているとみなしていいのです。作品はいつもそういうふうに形成されています。そこへ現われてくる一人の女性は、いかような意味であれ、それは西欧文明というものの象徴として読むことができます。そして、西欧文明とか、近代文化というものを無邪気に懐疑、疑念なく受け入れていくことができる日本の近代文化全体とか近代文明全体というものを他の一人の男性で象徴させているとみなせます。それに対して、女性は男性を理解することができないじゃないかとか、自分は決して女性を愛することができないじゃないかということを疑ったり、あるいは女性は本質的に男性に対して自分を決定することができない存在じゃないかという根本的な疑いを持つ主人公は、西欧の文化に傾倒して受け入れようとし、学ぼうとしながら、最後に自分は入り込んでいくことができないんじゃないかという、思い悩む漱石というものをいつでも象徴していると考えていいのです。漱石が思い悩んだ西欧文明あるいは西欧近代文学に対する根本的な疑念、疑いというものは、三角関係をモチーフとする作品形成の中によく象徴されています。それは、漱石にとって文学の根本的なモチーフであるし、漱石が文学作品によって解決しようとしたおおきな問題あるいは漱石の根本的な思い悩みに外ならないといえます。ある場合には人格的な崩壊、つまり被害妄想、関係妄想で、この人はちょっとおかしいじゃないかというふうな疑念を周囲の人に起こさせるところまで漱石を追い込ませた問題は、西欧近代に対する思い悩みにあったとみなすことができます。

横光利一の問題も根本的にはそこにあったとおもいます。それを横光は『旅愁』という作品で最終的にぎりぎりに解決しようと試みたとおもいます。もし、日本の戦争が長引いていったり、あるいは決定的な敗戦みたいなことで戦争が終わらなかったとしたならば、横光利一は西欧の近代文明、近代文学というようなものを受け入れながら、しかし、それと対立したり、あるいはそれを根本的には受け入れられない情感とかが必ず残ってしまうことについて思い悩んだ自分を、もっとはっきりした形で解《と》いていったかもしれません。横光利一は初期の三角関係をあつかった作品群から出発して最後に『旅愁』の中で、その問題と本格的に取り組んでいきました。しかし、それは未完のまま、しかも、まだ作品が山を越しただけだなというところで敗戦がやってきて、一挙にモチーフ自体が敲《たた》きのめされるという形で中絶させられてしまったわけです。

ところで、横光利一が追求していったモチーフ自体は、決してそこで終わったわけではありません。敗戦というもので終わったわけでないとおもいます。ただ、そこで一挙に価値観が転倒され、敗戦までは日の目を見ない弾圧されてきた思想が復活し、戦争中、隅《すみ》っこの方で様々思い悩んできた人達が、やっと解放されたなということで働き出す。しかし、戦争中に、戦争というのは正しいじゃないかというような、あるいは横光のように、これは西欧近代文明と日本の文化、伝統というようなものが一生懸命に戦っていることじゃないのかというふうに考えていた人達は、今度は逆にギャフンとなって裏側に引っ込むというような、舞台がただ一八〇度ひっくり返っただけだともいえるのです。しかし、横光が追求した問題は何も解決されないで中断させられてしまっただけじゃないかとおもわれるのです。

　僕自身にとっても、自分が思い悩んで自分なりに解決しようとおもってやってきた問題は、考えてみると、横光が生きていたら、きっとこういうふうに考えた、思想がちがっていたかもしれないけれども、近い考え方をしていったんじゃないかとおもえることは、ほんのちょっとなんです。僕が気付いたことはほんのちょっとで、その一つは、横光が一生懸命日本の文化と西欧の文化を対立させて考えていた、その考え方は苦し過ぎるのじゃないかということです。僕達が西欧の近代文化という場合、あるいは西欧という場合、二つのことを考えなければいけないとおもいます。

　一つはヨーロッパを考えた場合に、ヨーロッパという一つの地域を意味しています。つまり、飛行機に乗っていけば行けるヨーロッパという地域であるし、その地域ではぐくまれた伝統であり、文化であり、文学であるというのが、ヨーロッパだというふうに考えることができます。これは誰でも考えることができることなんです。横光はたぶんそういうふうにヨーロッパというものを考えたとおもいます。

しかし、ヨーロッパという場合にはもう一つ考えなければならないことがあるとおもいます。それは何かといいますと、ヨーロッパという場合には時間のことをいっているということなんです。僕等は、ヨーロッパという場合は、厳密にいいますと、例えば一八世紀から現在に至るまでというふうに、限定すべきだとおもいます。つまり、ヨーロッパの考え方、ヨーロッパの文化が、世界的に普遍的なものだといえる時間のことを指していますす。近代以前じゃなくて、一八世紀以降の時間というものがヨーロッパだというふうに考えなければいけないとおもいます。一八世紀半《なか》ば頃、ヨーロッパの近代が確立された以降というものは、ヨーロッパを世界普遍性というふうに考えなければいけない時期です。その時期に限ればヨーロッパを考えること、あるいはヨーロッパという文化を考えることは、人類全部にとって、その考え方、その文明は、普遍性であったというふうにみなすべきだということです。逆にいいますと、一八世紀の半ば、一八世紀初め以前のヨーロッパというものは、別に世界普遍性でもなければ、その考え方が最上でもないということです。しかし、一八世紀半ばから近代が確立されて以降のヨーロッパというのは、たんに一つの地域としてのヨーロッパだけを指しているのでなくて、時間としてのヨーロッパということを指しているということです。ですから、僕達、つまりヨーロッパ以外の者、以外の文化を持ち、以外の伝統を持ち、それを受け入れてきた地域の者が、時間としてのヨーロッパを考える場合には、一八世紀以降というものは世界普遍的なものだと考えるべきなんだとおもいます。

地域としてのヨーロッパは誰でもが考えることですし、体を運ばしていけばそこまで行くことができます。また、そこから立ち去ることもできるわけです。そういう地域としてのヨーロッパを考えたならば、地図を辿ることもできます。

しかし、もう一つ、時間としてのヨーロッパを考えるべきだというふうにおもわれます。

時間としてのヨーロッパ、一八世紀以降、近々一五〇年か、そこらを考えるならば、日本にいようと、どこにいようとヨーロッパが世界普遍性なんだというふうに考えるべきだったとおもわれます。

横光はもちろんそうですし、日本の近代のすぐれた作家たちは、皆、いちようにこの西欧と一生懸命同化しようとして、そして同化しきれなくて、日本の文化、伝統と、近々一五〇年の間に受け入れた、言わば俄《にわか》仕込みのヨーロッパに対して一生懸命対抗し、戦おうとし、そして敲きつぶされるということをやってきました。いってみれば、日本近代文化の歴史の名残りですし、日本の近代文学の偉大な先達《せんだつ》は、皆、いちようにそういうところで到底勝目のない無理な戦い方をして神経衰弱になって敗れ、あるいは家庭を破壊し、横光のように緩慢な自殺というよりいいようがないような死に方をし、そして作品の中絶をせざるを得なかったとおもいます。それはなぜかというと、世界の普遍性、時間としてのヨーロッパ、一八世紀半ば以降のヨーロッパというものと、近々一〇〇年の間に受け入れたに過ぎない日本の文化、伝統、いわば、アジアの端《はし》っこにある島国の伝統でもって肩肘《かたひじ》張って一生懸命に戦おうとしたからです。優秀な人ほどそういうことをやるわけです。どう考えてもそうなんです。そして敲きつぶされ、押しつぶされるということは、いわゆる近代文学のおおきな伝統だというふうに考えられます。これはまた横光利一の被《こうむ》った悲劇であるとおもいます。そして日本の近代文化が被っている悲劇でもあるようにおもいます。

悲劇というものは、感じないよりも感じた方が偉大な気がいたします。だから、横光利一がだめなんだというふうに論断することも切り去ることもできないとおもいますし、それだから鷗外はだめなんだとか、漱石はだめなんだということもできません。むしろ、そうじゃなくて、すぐれた作家ほど、一生懸命に無理な戦い方をしようとして押しつぶされたり、自己崩壊したり、あるいは家族崩壊したりしました。鷗外の家族もそうですし、漱石の家族もある意味ではそうです。横光利一は家族的にはいい家族を全《まっと》うしたわけですけれども、そのかわり作品を強引に中絶せよ、お前はやめよ、というふうに現実から押しつぶされたし、敲きのめされたということができます。そして、自分の命を縮めてしまったといえるとおもいます。そのことは僕自身は一生懸命考えたとおもいます。戦後、一生懸命に考え、そのために生きてきたといっていいし、だから生きられたといってもいいとおもいます。その結論はきわめて簡単であって、皆さんの前でいえば、たったそれだけのことに尽きてしまいます。要するに時間としてのヨーロッパということなんだということです。ヨーロッパを考えるときには、地域のヨーロッパ、地図の上でのヨーロッパ、現実に飛んでいけば行けるヨーロッパを考えると同時に時間としてのヨーロッパを考えなければいけないんだ、時間としてのヨーロッパを考える場合、一八世紀半ば以降に限定すればヨーロッパは世界普遍性だ、普遍的なものだといっていいんだということに要約されてしまいます。情ないといえば情ないですけれども、たったそれだけのことなんです。

例えば、アジアというようなものは何かというと、それは地図の上でみると明瞭なわけです。日本もその一つに含まれている。その伝統文化を考えれば、中国では何千年以来儒教という伝統があり、インドには仏教という伝統があります。東洋の文化というのはそれらだということになる。地域としては地図にあるとおりだというふうになります。けれども、やはり、ここでアジアというものを考える場合には時間としてのアジアということを考えなくてはいけないとおもいます。時間としてのアジアということを考えると、それはすぐにわかるように、世界に冠たる、人類に冠たる文化を築き上げた、つまり仏教が発生したインドの時期、儒教が中国で発生した時期、時間としてのアジアは、人間の歴史の中で位置づけるとすれば、原始時代からずうっと文明が移行して古代社会に入るわけですが、その中間にアジアという時間があります。仏教文化が生まれ、儒教が生まれたのはその時期に当たっています。要するにその時期がアジアということなんです。時間としてのアジアを考えた場合には、アジアは何千年も昔に過ぎてしまったというふうに考えた方がよろしいとおもいます。もちろん、人種としてのアジアというものも残りますし、地図をみるとアジアがありますし、インドという国も、日本という国、中国という国もありますし、そこで、生き生きと生きていますけれども、時間としてのアジアはそこでは生きていません。一九世紀以降はヨーロッパというものが生きていて、アジアは生きていないですよというふうに考えた方がよろしいじゃないかとおもいます。一八世紀以降は団栗《どんぐり》の丈競《たけくら》べといいますか、いろいろな文化が生きてきたということになるでしょうが、少なくとも、現在までのところは、アジアは生きていないというふうに考えた方がよろしいので、僕等はヨーロッパの世界普遍性の中で時間として生きてきたと考えた方がいいじゃないでしょうか。そういう中でそれぞれの地域の伝統と地域の文化、地域の思考法、アジアというようなものにどうやって関わっていくかということが文化の一つの本質をなしているわけです。日本でもそうです。日本の場合は、花鳥風月ということになろうかとおもいます。いずれにせよ、日本の文学は伝統的にいうと花鳥風月の自然に対してどうやって自分を関わらせていくかということになります。その文学の伝統が近代になって人間の個々の内面性というものの世界にぶつかっていって、そこで、様々な悩みが生じたり、様々な混合が生じたり、融和《ゆうわ》が生じたり、対立が生じたり、矛盾を生じたりしたということになるわけです。アジアの文化の原理、原則というのは、仏教と儒教と多少違いますけれども、全部、自然です。自然に対して内面性というようなものをどうやって関わらせていくかというこ とが、仏教文化であり、儒教の本質的な問題です。そういうようなアジアの問題は、人類、人間の歴史でいうと何千年も前に自己完成してしまったものです。とことん突き詰められてしまったものです。後は伝統としてしか残っていないというふうにいうことができます。

日本というのは、少しきめ細かくいいますと、四世紀くらいになってから、原始的な島の文化の様々な要素に、儒教の文化とか制度、仏教の文化というものを同時に受け入れていって、それを中世までに花鳥風月みたいなところで融和していきました。近世になると文化だけでなく儒教が政治制度の原理になっていくことになります。それから、近代になってきますと近代文学、西欧文学あるいは西欧文化、政治制度というようなものが入ってきまして、その上に被《かぶ》さって重層された文化が、日本の文化の根本にある性格なんです。

横光利一もそうですが、日本の近代文学の大きな存在は、いちように今いったような時間としてのヨーロッパというものを身をもって体験し、身をもってそれと角逐し、葛藤し、思い悩んだあげくに、それぞれの仕方で自分を毀《こわ》していった、自分を破壊していった、とおもいます。この悲劇を演じた、近代文学最後の最大の作家ということを考えると、横光利一がそれに当たっています。

終わりをまっとうした、徳田秋声《とくだしゅうせい》（一八七一～一九四三）や谷崎潤一郎《たにざきじゅんいちろう》（一八八六～一九六五）、それから、横光利一よりも後の年代でいいますと、小林秀雄《こばやしひでお》（一九〇二～八三）というような作家、文学者を考えてみます。皆さんがそれらの作家、文学者をどう評価するかはそれぞれのご自由であります。横光の同時代の作家、横光の後の作家、文学者のうちで生き延びている人はどうなっているかを考えてご覧になればすぐわかりますが、全部例外なく自然との融和というところに自分の文学の本質を移していることになっています。老大家として今も尚、生き延びておられる方々の文学もいちように共通していることは自然と仲良くしようじゃないかというところに行っている点です。西欧文学の先鋭な移植者として横光のすぐ後に出発した小林秀雄が、敗戦後、打撃を受けたでしょうけれども、なぜ生き延びてきているかと考えてご覧になればよろしいとおもいます。それは自然と融和しそこに立ち返ることによって生き延びています。これは『本居宣長』を読めば、典型的に理解できます。

文学的長寿の幾つかの処方箋《しょほうせん》は言うことができます。人間の、自己の内面の無限性というようなものを追求していくことは苦しいですから、特に日本の社会では今でも苦しいですから、これを途中で止めて自然とどこかで融和するみたいなところに自分の文学をもっていければ、多分、生き延びられるのではないかとおもいます。そうでない限りは依然として苦しいとおもいます。特に人間の内面性、個人の内面の無限性を確信するためには、誰もそれを理解する人がいないということと、もし、理解するものを想定するなら唯一《ゆいいつ》の神である、と、眼にみえない神のようなものである、と、それだけは理解する、それ以外は誰も理解してくれないということを、様々な意味で貫かなければなりませんから、依然として苦しいだろうとおもいます。西欧では当然の伝統だからやっているだけであって、われわれはそうじゃない伝統の中にいるわけですから、貫くには苦しいわけです。だから、必ず、どの作家でも老大家として生き延びている作家は、自然との融和、あるところでは仲良くするところへ行きます。

ただ、どう考えてもこの処方箋は気にくわないんだと考える限りは、やはり、依然として問題を抱え込んでいかなければなりません。横光利一がぶっ倒されて敲きつぶされてしまった問題は大なり小なり、自分の中に抱え込んでいかなければならない。それは日本の近代文学の宿命であり、批評の根本的な課題であるように僕にはおもわれます。

［〝全作家〟全国大会講演。一九七九年五月二〇日　於・新宿厚生年金会館］

［付録］

吉本隆明の日常

――愛と怒りと反逆

川端要壽

愛

〝親馬鹿〟という言葉がある。辞書を引くと、〝子ども可愛さのあまり、親がおろかなことをしたり、はたからおろかに見えること。また、そういう親のこと〟とある。

こんなことは誰でも知っていることで、親自身の有名度、また知性とはまったく関係ない情愛からくることだ。

私から見ると、吉本隆明という友人は、まさに、その典型的な男である。長女の多子《さわこ》が誕生したのは昭和三四年一二月で、北区田端町三六五番地であった。たまたま、彼女の誕生の翌日に、私は彼のところへ遊びに行ったので、記憶が鮮明に残っている。真新しいアパートの二階の六畳の一室に住んでいた。女房の和子はもちろん産院にいて、部屋には彼一人だった。

彼の顔には笑いがまみれ、

「女の子なんだが、いま名前をどうつけようか、思案中なんだ」

よく見ると、彼の周囲は書物の山だった。

「どうだろ、多子というのは……」

彼の手に万葉集が開かれていた。彼は万葉集の句をあれこれ説明したが、生憎《あいにく》と浅学の私にはチンプンカンプンでさっぱりわからない。

まあ、結局、それはたいしたことではない。問題はそのあとのことである。

多子は大きくなって無事、高校を卒業し、大学へ行くことになった。多分昭和五二、三年ごろのことだったろう。当時、吉本は千駄木《せんだぎ》の二階建ての建売住宅に住んでいた。

私が遊びに行くと、彼はいきなり言った。

「この前、京都へ行ってきたよ」

「へえ、講演にか？」

その頃の吉本は、学生間に教祖的な人気があり、あっちこっちの大学で講演に多忙であった。私はてっきり、京都大学あたりでの講演会にでも出掛けたのだろう、と思った。すると、彼はニタニタしながら、

「ところが、そうじゃないんだ。多子が京都の大学の漫画科を受験するんで、つきそいで行ったのさ」

「ウーン」と私は思わず、うなってしまった。多子が漫画家にあこがれていた、ということは、私はうすうす感じていた。彼の書斎は二階のとっつきの四畳半であり、そのせまい階段の左壁に沿って、下から上まで漫画の単行本がびっしり列をなしていたからである。子供部屋は、彼の部屋の廊下をへだてた向い側だった。

「一泊してね、ゆっくり京都見物をしてきたよ」

「親バカもいいところだな。で、受かったんだろうな」

吉本は「ウン」とうなずくと、お茶をすすり始めた。顔は笑いに崩れていた。

またもや、多子の話になるが、〝全作家〟(同人誌)で吉本隆明を呼んで、

九段《くだん》の森田雄蔵氏の家で〝吉本隆明の文学とその軌跡〟の座談会を持ったのは、昭和五五年四月であった。その頃の話である。あるいは、その日だったかもしれない。

私は吉本を迎えに行った。クルマに乗ると、吉本は言った。

「ウチの多子も、とうとう漫画家として一本立ちできそうになったよ」

「ホウ、それはよかった」

「〇〇という漫画雑誌、きいたことあるだろう」

「ああ、有名だよ」

「あの雑誌の懸賞に、二等入選してね」

「ホウ、それはすごいな」

「早速、その雑誌から原稿依頼があったよ」

「ところで、本名じゃないんだろ。ペンネームは何と言うんだ?」

「それがな、俺にもまだ言わないんだ」

彼は、ク
ヽセ
ヽの頭に右手をからめるようにすると、ワッハハと笑った。

まったく、あきれたオヤジだよ。私はひそかに苦笑した。

さて、次女の真秀子《まほこ》に移ろう。

真秀子の誕生は、昭和三九年七月で、私の娘が同じ三九年の一二月だから、同年である。当時、吉本は台東区谷中初音町《やなかはつね》に住んでいた。露地から入った二階建てのうちの一軒で、二階の六畳、四畳半を借りていた。

私が訪れた日、生憎と彼は出勤日で、留守で女房の和子と赤ん坊の真秀子だけだった。

一昨年（平成一二年）の〝全作家〟の総会で、講師の横尾和博氏はこう言った。

「純文学や批評家だけでは、メシは食っていけません。みんな教師なんかやりながら、傍《かたわ》ら、文学をやっています。もっとも、流行作家は別ですがね。ザッと見回して、唯《ただ》一人だけ、文学だけでメシを食っているのは、吉本隆明さんぐらいなものです」

が、その吉本もある時期、つまり昭和二〇年代の東工大の卒業期は別にして、昭和三二年から四五年まで、東工大の数学の恩師・遠山啓氏の紹介で、長井・江崎特許事務所に就職している。もっとも半分アルバイトのようなもので月・水・金の隔日出勤で、ドイツ系統の特許の出願人との折《せっ》衝《しょう》や翻訳をやっていた。退職したのは、四四年に勁草書房から著作集の出版もきまり、多忙をきわめたからである。

私事になるが、私は三九年に結婚したものの、無職の状態で、彼を訪れたのは結婚式出席の礼がわりもあったが、窮状《きゅうじょう》を相談したいためであった。しかし、私は彼が出勤日であったのを失念していた。多子は幼稚園に行き、真秀子は誕生後で寝かされていた。

私は和子と世間話にふけっていると、そのうち、和子は押し入れから次々と文庫本を取り出した。三〇冊ぐらいあった。

「お産で退屈だったから、産院で読んだのよ。もう、いらないから持っていったら」

全部、推理小説だった。早川のホンヤク物やその他の文庫物だった。私は有難く頂戴《ちょうだい》し、自宅の近くの古本屋に運んで、そのまま金にした。私は推理小説にまったく興味がなかったからだ。

話はとぶが、吉本から電話が突然あったのは、昭和五七年二月のある晩だった。

「ウチの真秀子には、まったくまいったよ」

「え、マホチャンが何かしたのか」

「いや、どうかしたということじゃないんだが、成績が悪くてね。近くの高校じゃ、先生は無理だというんだ」

「ウーム」

実は、私も彼と同様の悩みをかかえていた。ウチの娘も私の中学（工業学校）時代に似て成績は芳《かんば》しくなかった。それが考えもしない吉本からのグチ話である。吉本の家は文京区本駒込《ほんこまごめ》だから、偏差値からいっても文句

はない筈《はず》だ。当然、彼は文京区の高校に行ってもらいたかったのだろう。そこへいくと、ウチの娘はノンキで、最初から欲がなく、

「あたしは、戸田高校じゃ、戸田高校（埼玉県）でいいのよ」

「大学なんか、考えたこともないわよ」

というわけで、ウチの娘は地元の戸田高校、真秀子は板橋駅近くの都立高校へ進学したわけだ。

「どっちもどっちだな」私は苦笑した。

それ以来、私と彼との間には娘たちの話は出なかった。当時、吉本は某女性に悩まされていた。その女性というのは、私が〝全作家〟五三号で書いた「トイフェル」の女主人公である。

「まったく参ったよ。一昨日も庭へ忍びこんできて、俺の動きを見張っているんだな。俺はうんざりして、電気を消して茶の間に引っこんじゃうんだ。仕事にもならねぇよ」

私は私で、『堕ちよ！　さらば』を出したばかりで、次作を模索中であった。

「真秀子は文学をやりたいらしいんだ」

「蛙《かえる》の子は、蛙だな」

それから何年か経って、真秀子が日大芸術科へ進学したことを、私は耳にした。

またしても話はとぶが、平成四年のことである。この頃私は前年の一二月に『昭和文学の胎動─同人雑誌〝日暦〟ノート』を出版したりして、福武書店とは懇意であった。

ある晩、突然に吉本から電話が入ったのである。

「オイ、川端。おどろいたよ。真秀子が福武の〝海燕〟の懸賞に当選したよ」

「えッ、〝海燕〟賞か。すごいなあ」

当時、真秀子はさかんに書いていて、〝群像〟や〝文学界〟の新人賞に応募したりしていた。

「学生時代のモノを見せられたことがあったが、なかなかのモノで、教授もほめていたらしいよ」

吉本はそんなことも、口にしていた。

「とうとうやったな」

電話が真秀子にかわると、

「マホチャン、おめでとう」

真秀子はすこし上ずった声で答えた。

「オジチャン、有難う。いまは、夢を見ている感じ……」

吉本に電話がかわり、

「受賞パーティには君も出席するんだろ」私がそう問いかけると、

「いやいや、これは子供の問題だよ」

吉本のテレぶりが、眼に見えるようだった。

〝海燕〟賞の受賞パーティは、その頃、毎年五月に、ホテル・ニューオータニで行われていた。私もまたここ二、三年パーティに招待されていたのである。

会場に入り、私が真秀子を見つけると、七、八人のアルバイト仲間とワイワイやっている。私と眼が合うと、真秀子は仲間から抜け出してきて、すこし紅潮しながら、笑いを浮かべて頭を下げた。

「ペンネームは、何ていうの?」

「ウッフフ……。ばななよ」

「えッ、ばなな? 吉本ばなな?」

「そう、吉本ばななよ」

「何で、そんな……」

「だって、面白いでしょ」

真秀子はケロケロッと答えた。

「ウーム」私はうなってしまった。

いまでこそ、吉本ばななというペンネームに違和感はないが、その時はおどろいたというより、奇想天外ぶりにあきれはてた。

たまたま河出書房でも馴染《なじ》みの写真家に、真秀子と一緒の写真を撮ってもらっていると、編集長の寺田博氏が近寄ってきた。

「川端さんもおどろいたでしょう。実は、予選通過作品三作のなかに、吉本ばななという名があり、住所を見ると、本駒込となっているんで、マサカとは思ったのですが、すぐに電話を入れたんですよ。吉本さんが電話に出られて、ウチの娘だ、と言うんで……。親の七光りじゃありませんよ。『キッチン』は感性豊かな立派な作品ですよ」

寺田氏の顔は、笑いにまみれていた。

平成八年七月一三日、〝川端要壽を励ます会〟が神楽坂《かぐらざか》の出版クラブで行われた。企画は〝全作家〟の友人・野辺慎一氏であった。

その頃、私は河出書房から『勤王横綱―陣幕久五郎』と徳間書店から『奇人横綱―男女ノ川』を出し、純文学の本道から外れて、相撲作家として定着していた。

出席してくれたのは、吉本隆明氏、奥野健男氏、大河内昭爾氏ほか、友人の小沼燦氏、評論家の横尾和博氏、それに東京書籍時代の仲間の副社長・専務の四、五人、横浜国大の同窓たち、〝全作家〟、〝小説と詩と評論〟の同人たち、出版関係として寺田博氏、河出書房の飯田貴司氏、徳間書店の今井鎮夫氏ほか読売新聞社〝大相撲〟の編集者たちで、総勢五〇人近かった。

案内の葉書を出したのだが、真秀子のは欠席欄にマルがしてあった。

その晩、真秀子から電話が入った。

「本当は、オジチャンの会だから出なけりゃいけないんですけど、もう約束が入っているし、オトウチャンにも言ってあるの」

当日、真っ先に私は会場に入ったが、「あッ」と声を挙《あ》げた。正面の壇上の中央から右側の近い場所に、見事な大輪の盛花が私の眼にとびこんだからである。真秀子からの祝いの盛花だった。そして、左側には、河出書房と徳間書店から贈られた盛花が並んで飾ってあったが、その二つの盛花を圧倒するように、真秀子からの盛花は大きく立派だった。

私には、真秀子のことを考える場合、忘れられない言葉がある。それはシナリオ・ライターの石堂淑朗氏の「吉本隆明の〝切なさ〟と〝普遍性〟」中の、次の文章である。

――一度会ったら忘れられない人があり、吉本氏はその最たる人である。まえにも一度、父としての吉本氏を見かけたことがある。本郷の通りを子供さんを胸に抱いて歩いていた。私はその抱き方に目をみはった。インテリが子を抱く抱き方ではない。ああ、あの子供さんはしあわせだな、と私は思った。その人の一挙措《きょそ》で、その人の全思想を実感させることがあるのではないだろうか。人間とその表現文を分離するのは、丸山真男で結構である。

怒り

＊

昭和五二年から、私は『堕ちよ！　さらば』を書き始めた。雑誌が出ると、五、六年ぶりに吉本隆明を訪ねた。第一章は、彼の少年時代（府立化工時代）を書いている。

吉本は快《こころよ》く私を迎えた。すぐさま雑誌を出すと、吉本はニコニコしながら、「ああ、こいつはもう読んだよ」と言った。

「エッ」私にはその理由がわからなかった。

「四、五日前、河出の編集者が持ってきてくれてね」

吉本は、その日、ずうっと機嫌がよく、ここ数年のあれこれを訊《き》き、珍しく将棋盤を引っぱり出した。

それから、半年近く経って、私は再び吉本を訪ねた。第二章目が出たからである。そのときも、読了ずみだった。

「モデルは野崎さんと立田さん（ともに先生）を、こね合わせたな。面白かったぜ」

第三章目、第四章目、第五章目のときも、吉本は感心してくれた。が、最終章（第六章）のときは、彼は顔色を変えていた。

「オイ！　川端、書き過ぎじゃねえのか。お前、ホントに〝試行〟でケツを拭《ふ》いたのか！」吉本の声は震え、両手はきつく握られていた。

私はタバコの煙を吐き出すと、ニタッとした。――へえ、吉本も案外だな、そのとき、ふとそう思った。フィクションということが理解できない筈があるまい。逆に言わせれば、第二章以上に成功なのだ。――

「バカ言うな。〝試行〟のような固い紙で、ケツを拭けるわけねえじゃねえか。フィクションに決まってるさ」

「ウーン、そうか」

吉本は数分後、納得した。しかし、私は半分、後悔していた。その〝試行〟には、彼の代表作の一つ、『言語にとって美とはなにか』が連載中であったからである。フィクションも程度問題なのだ。——

しかし、吉本はいつまでもこだわりはしなかった。私がR社から自費出版する際（昭和五六年五月）、丁重な序文を書いてくれたからだ。お陰で、『堕ちよ！　さらば』は評判になり、ベスト・セラーになり、五版まで版を重ねた。

九月になって、その出版社が気に入らず、出版を打ち切ると、徳間書店から出すことになった。今度は、ちゃんとした商業出版である。一〇月に入ると、私は吉本を訪問し、報告した。喜んでくれると期待したにもかかわらず、どうも渋い顔をしている。なぜか、わからなかった。やがて、彼は口を開いた。

「お前、この前、R社から出したときの〝文学界〟の広告、覚えてるだろ」

「ああ、覚えてるとも」

「何だ！　あの広告は……。まるで、誇大広告じゃねえか」

私は黙った。その広告の内容だが、R社は一ページを使い、そのうちの3分の2を『堕ちよ！　さらば』に当て、3分の1を自社出版物掲載に当てていた。問題は『堕ちよ！　さらば』の方にあったのである。上段に題名をいっぱいに横組にし、その下に、例の〝試行〟でケツを拭く描写部分をたっぷり載《の》せていたのだ。

「お前がフィクションだと言っても、読者は、そうは思わねえぞ。あんな誇大広告されたんじゃ、俺も我慢ができねえよ。反撃文を書きたいくらいだ！」

吉本は吐き棄てるように言った。

しかし、彼の怒りは、内容にあるのではなく、誇大広告にあったのである。

「わかったよ。徳間の編集者にはよく言っとくよ。絶対に誇大広告にならないようにとな」

吉本は、しばらく自分の〝怒り〟にとまどっているふうだったが、やがて、

「いやいや、どうもどうも」と頭に手をやり、笑い出した。私はそのときの彼の〝怒り〟の表情をいつまでも忘れない。

＊

これまた、私の出版物についての話である。私が『春日野清隆と昭和大相撲』を河出書房から出したのは、平成二年二月一日であった。この本の出版に関して、また吉本が登場するのである。

余談だが、この本の出版ぐらい、私が手こずったものは他にない。いきさつは長くなるが、次に記してみたい。

私がこの本の原稿を脱稿したのは、昭和五八年春先だったろうか。その前年に、徳間書店から『堕ちよ！　さらば』を出していたので、話は順調に進み、徳間書店社長・徳間康快もなぜか喜び、〝ホテル・ニューオータ

ニ〟で出版記念会をやろう、ということになった。

編集者の今井氏ともども、国技館の博物館長室へ春日野（元栃錦）を訪れたのは、話が決まって一週間後くらいだった。春日野は快く私たちを迎えた。茶菓子をご馳走になり、たまたま同席していた田子ノ浦さん（元出羽錦）をも交え、歓談して国技館を辞去したのは二時間後くらいであったろうか。

まあここまでは話がトントンと進み、私は満足した。が、問題はそれからだった。
四、五日後、春日野から電話が入って、すぐに来い、というのだ。原稿は預けてあり、春日野はてっきり原稿に眼を通し終わって、返してくれるものだとばかり思っていた。
ところが、どうも春日野のようすがふだんと違うのだ。愛想よく迎えたのはいつもと同様であったが、サービス過剰だったのだ。

「お前、飲める口だから、こっちの方がいいだろう」と、館長用の大机の下段の引き出しから、英国製らしいウィスキーを取り出してきて、テーブルの私の湯呑み茶碗にガブガブと注ぎ始めたのである。

――これは、おかしいぞ。私はふとそう思った。原稿は彼の大机の上に積まれたままだ。それとも、内容について、何か注文があるのかな……。

春日野はテーブルをはさんで腰を落ちつけると、「さあ、飲め、飲め」とすすめながら、振り返って事務所に向かい、「オーイ、酒のつまみを持ってこい」と声をあげた。そして、細巻タバコをくわえると、妙なことを言い出した。

「お前の親しい友人の吉本隆明さんな、自伝を出しているか」

「えッ」私は話が外《そ》れているのに気付き、一瞬、返事をためらった。

「いや、出してないですよ」

するとと、春日野はしてやったり、といった表情で、煙を吹き上げた。

「それみろ、吉本さんみたいな偉い人でも、自伝なんか出してないだろ。俺なんか、双葉関（双葉山）やウチの親方（栃木山）にくらべりゃ、横綱と幕下ぐらいの差がある。ナミの相撲取りの俺が自伝なんか、出せるわけないじゃないか」

——なるほど、私は彼の言わんとすることは正論だと思ったが、結論的に言えば、出したくない、ということなのだ……。

私がいくら説得しても、彼の返事は「ノウ」だった。そのうち、私の言葉はしぜんに荒くなった。二年間もかけた労作である。みすみすボツにはし難かった。第一、徳間書店に何と説明していいのか。——

やがて、彼のこだわりが、その徳間書店出版ということにあったことを、彼は私に告げた。

「昔なあ（昭和四四〜四五年ころ）、徳間康快はウチの栃ノ海の後援会長をやっていたんだよ。そのころは奥さんともども、ウチの部屋へ足繁く通っていたんだよ。それが五、六年前に康快は奥さんをほっぽり出して、銀座のバーのママをウチに引きこんだんだ。俺は康快に出入りを断った。そんな男のやっている本屋から、俺の本を出せるわけないだろう」

相撲社会は、昔ながらの〝義理人情〟の世界である。私は納得した。

昭和が改まり、平成元年のことである。九州場所前のある日、突然、春日野から呼び出しがかかった。

「何ですか」

「ところで、お前、もう二年ぐらい前になるが、俺のことを書いたヤツ、どうした？」

「おクラ入りですよ」私は苦笑した。しかし、私はその代償として、春日野から二子山（若乃花）を紹介され、〝二子山勝治伝〟を「大相撲」（読売新聞社）に連載中だったので、さほどのこだわりはなかった。

するとき、春日野は、

「どうだい、出す気はないかい？　出版社は、俺が紹介するよ。中央公論でも、講談社でも……」

まさに、寝耳に水だったのである。彼のそのときの真意は、私にはつかめなかった。

「いいよ、出版社の方は、俺にも心あたりがあるから……」

「そうか、それならそれでいい」

「しかし、どうしてそんな気になったんですか」

春日野はフフフッと笑うと、

「俺も来年の二月二〇日で、相撲界を引退だ。定年さ。どうだ、それまでに、何とか、本にならないか」

二月二〇日というのは、彼の誕生日だった。

私は友人の小沼燦氏に相談すると、彼は即座に河出書房を紹介してくれた。

出版の話は、二、三日後に決まった。担当の編集者はベテランのＦ氏であった。

「何とか、二月二〇日までに……」

「まあ、頑張ってみましょう」

校正刷りができたのは、一二月二五日ころであった。私とF氏は、その日新宿駅ビル内の喫茶店で待ち合わせた。

ところが、コーヒーカップを手にし、ふと窓外に眼をやったとき、私は「アッ」と悲鳴をあげてしまった。広場をはさんだ向かい側ビルの頂上近くに、テロップが流れ、春日野の危篤を伝えていた。

〝元相撲協会理事長春日野清隆氏、博多で脳梗塞のため、危篤……〟

春日野が亡くなったのは、平成二年一月一〇日であった。その日は朝から雨がシトシト降っていた。まさに涙雨だったのである。

――さて、前置きはだいぶ長くなってしまったが、問題はこれからなのだ。二月一日に本が出来、私は春日野の霊前に供えて、ホッと一息入れたときだった。

四、五日後、突然、私が帰宅早々、待ちかまえていたのは、内容証明便の封筒であった。文字通りの予期し得ない突然だった。

内容は『春日野清隆と昭和大相撲』に関してで、差出人は恒文社の弁護士からのものである。つまり、こういうことなのだ。
〝貴殿の著書中に、当社発行の「相撲」から左記ページの二七ヵ所につい
て、無断引用されている。それについて、三〇万円の賠償額を支払うこと、
以後再版はせぬこと〟
という内容だった。河出書房にも同様の内容証明便が送付されていた。
たしかに、私は引用していた。栃錦の現役時代の場所後の戦評座談会の
記事である。私は読売の「大相撲」と「相撲」から採っていた。しかし、
その記事の前後には、必ず〇年〇月の「相撲」から引用と断り書きを入れ
ている。そういう場合でも無断引用になるのか。――
せっかく出せたというのに、最後になって、ケチをつけられ、私は憤然
とした。
私個人としては方途がつかず、ひとまず吉本に相談することにした。
吉本も引用ページを開きながら、
「これは、無断引用とはいえない。ちゃんと断り文が入ってるじゃねえか」

と怒りの言葉を発した。

「ところで、河出の担当編集者は、誰だったんだ?」

「F氏だよ」

「F氏? F……。あいつはダメだ。あいつはシンニチブンじゃねえか」

私は吉本の言葉をよく理解できなかった。

「シンニチブンはだめなんだ」

吉本は二度も、そう言った。

「とにかく、Fと会って話をつけよう」

吉本は自分から受話器を取り、河出のF氏を呼び出した。そして、私たちは話合いをすることに決めた。

翌日二時という約束だったが、F氏は一〇分前に、もう水道橋の約束の場所に立っていた。三人は殆ど無言のまま、神保町の方向に歩いた。

F氏の顔面は蒼白だった。私とF氏との間に、吉本が介在してくることなど予期できなかったのであろう。

私たちは、とある喫茶店に入った。

ここから、吉本の長広舌が始まったのだ。

「河出では、向こうの言い分をそのまま、受けとる気なのか」

「………」

「だいたいな。たしかに、川端は引用しているが、いちいち断り書きが入ってるじゃねえか。こんなもの、無断引用にならねえよ。川端、読売の方は何か言ってきたか」

「〝大相撲〟の編集者は、宣伝してもらっているようなもんだ。有難いね、と笑っていたよ」

「それ見ろ。それにな、本を出すとき、君も原稿には眼を通している筈だ。危険な個所はちゃんとチェックして、書き直させるのが、編集者の仕事だろ。キミにも責任はあるんだぜ」

「………」

コーヒーなんか、そっちのけだった。吉本の怒りは、まだ続いた。

「キミは、俺の商売、知ってるだろう。俺は批評家だよ。批評家というのはな、他人の文章を引用して、それについて批評するんだ。いちいち、出版屋に了解を求めていたんじゃ、俺たち批評家は商売がなりたたねえ、メシの食い上げだ」

私は吉本の言葉に、返答できないF氏が気の毒になってきた。私は言った。

「書いたのは、俺だよ。俺にも、半分の責任はあるようなもんだ」

結局、賠償金は、私と河出で半分ずつ背負うことになった。

「お前、それでいいんだな」

吉本は不満そうに念を押したが、そういう結果で終わったのである。

よくよく考えてみると、恒文社は私にしてやられた格好だった。恒文社は恒文社なりに、当初から、〝春日野伝〟を出すつもりであった。それは三年ほど前に日経新聞で〝私の履歴書〟というシリーズもので、各界の名士連中から談話をとり、その中に、春日野も二子山も入っていたのである。

しかし、春日野の急死はよもや、だったのだ。死後、すぐに恒文社では、〝私の履歴書〟をもとに出版にとりかかったのだが、そのときはすでに、私の『春日野清隆と昭和大相撲』は書店の店頭に山積みになっていた。恒文社の〝二子山伝〟は菊版変型で定価四千円だったが、四月末に発刊された〝春日野伝〟は同型で、二千七百円であった。

*

私の知っている大編集者というと、真っ先に浮かぶのは、寺田博氏である。寺田氏は河出書房育ちで、長いこと〝文芸〟の編集長をやったが、河出の社長が清水勝氏に交代した途端、河出を退社した。

私が彼に感心するのは、河出を退めたあとでも、〝文芸〟連載中だった、井伏鱒二、吉本隆明、古井由吉三氏の作品の稿料を毎月、自分のポケットマネーで支払っていたことである。彼が半年後、作品社に移るまで、それは続いた。

「寺田は一流の編集者だよ」

ことあるごとに、吉本は寺田氏をほめたたえていた。

その後、寺田氏は福武書店に移り、〝海燕〟を創刊し、編集長をつとめると、取締役になった。吉本は引き続き、〝海燕〟に寺田氏の要望で、「マス・イメージ論」を連載した。寺田氏はある時、私に語った。

「僕のいちばん尊敬しているのは、吉本さんですよ。学生時代からですね」

ところが、その吉本の「マス・イメージ論」が、ある号からバッタリ消えたのである。

私にはその理由はわからなかった。で、ある日、吉本に訊《き》いたのだ。彼は「へへへェ……」と笑いにごまかしていたが、そのうちに口を開いた。

そのとき、彼の表情はだんだん怒りに変わっていったのである。

「お前、〝批評空間〟というのを知ってるだろう」

「ああ、柄谷行人や蓮見重彦たちのやっている雑誌だな。それがどうかしたのか」

〝批評空間〟は思潮社から出ていたが、そのころ廃刊同様だった。新潮社や講談社にも話を持ちこんだが、断られたという噂が、私の耳にも入っていた。

「〝批評空間〟を福武で出す、というんだ。そりゃあ、どこで出そうと俺には関係ないよ。だけどな、柄谷というのは、俺の思想とはまったく別反対なんだ。アイツはアメリカへ行って、すっかり変わってしまって、いまでは俺の批判者なのさ」

「へえッ」私はそのとき、かつて柄谷行人は吉本思想の同調者だったことを想い浮かべた。吉本は飼い犬に手をかまれた感じを受けたのだろう。

「福武が〝批評空間〟を出すということは、福武が柄谷の思想を背負うことになるんだよ。そんな本屋に、俺が書けると思うか」

そう喋《しゃべ》っているうちに、吉本の表情はますます紅潮してきた。

「寺田は、二回も俺のところへ来たよ。何とか機嫌を直して、連載を続けて欲しい、というんだな。俺は寺田を追い返したよ。許せることと許せないことがあるんだ」

なるほど、と私は思った。思想というのは、それほどきびしいものなのか。私は苦笑するばかりだった。

それから一週間ぐらい経って、私のところへ封書が舞いこんだ。寺田氏からである。もちろん、中身は解っていた。寺田氏は私を通して、吉本の機嫌を取ろう、というのだ。

私にしてもかつて寺田氏に世話になり、『昭和文学の胎動』を福武から出していた。義理は感じていた。私は早速、その手紙を持って、吉本のところへ駆けつけたのだ。

が、結果は意外だった。

「何だ。この手紙は！　いよいよ、お前までまきこもうとしているのか！　俺はいままで、お前の頼みは何でもきいてきたが、これればかりはダメだ」

吉本はそう吐き棄てると、内容も見ずに、いきなり、その封書をビリビリとひきさいたのである。そして、こんどはお説教の矛先《ほこさき》が私に向けられてきたのだ。

寺田博氏が福武書店を退陣したのは、平成五年ごろだったろうか。寺田博氏を〝励ます会〟は、ホテル・ニューオータニで盛大に行われた。文壇こぞって、という感があった。大出版社の編集者をも含めて、三〇〇人以上はいただろう。司会は島田雅彦がやり、ばななも花束を贈呈し、瀬戸内寂聴ほか数人が、励ましの言葉を贈った。何人の文壇人が、彼の世話になったことだろう。まさに、寺田氏は感無量であったに違いない。

〝川端要壽を励ます会〟が神楽坂の出版クラブで行われたのは、平成八年七月一三日だった。この年の三月、『奇人横綱―男女ノ川』と五月に『勤王横綱―陣幕久五郎』をそれぞれ、徳間書店・河出書房から出していたので、野辺慎一氏らはタイミングがいい、と計画してくれたのである。

三週間ほど前、私は吉本に出席依頼に行った。

「ああ、お前の会じゃ、出ないわけにはいかないよ」吉本は機嫌よく応じた。

「有難う。ところで、寺田氏も出席するぜ」

「ウーム、お前もつきあいがあるからな。仕方がないさ」

「寺田氏ももう福武を退《や》めているんだから、キミも、もうどうということないだろう」

「ウン?」

　吉本は茶をすすると、

「俺の気持は、まだ変わらないよ。寺田が挨拶にきても、俺は横を向いたきりだ」

「まあ、仕様がないな。とにかく、出席だけは頼むぜ」

「ウン」

　当日、吉本は早く来ていて、もう椅子に掛けていた。寺田氏が顔を出したのは、それから一〇分後くらいであった。

署名して貰うと、私は挨拶を交わし、意識的に吉本のいる場所に導いた。が、吉本は椅子から立ち上がると、微笑しながら、寺田氏の差し出す手を握ったのだ。

私はホッとした。というより、今日の会の最高の意義があった、と感動したのである。

そして、閉会後、吉本の誘いで、奥野健男、寺田博、飯田貴司各氏とども、小料理屋へ足を運び、歓談したのだった。まさに、四年ぶりに和解成立だったのである。

反逆

西欧文学作品において、大正一一（一九二二）年は比較的実り多い年であった。

『魅惑』（ヴァレリー）、『ユリシーズ』（ジョイス）、『チボー家の人々』（デュガール）、『夜ひらく』（モーラン）、『反逆児』（ラクルテル）、『魅せられたる魂』（ロラン）、『幼き日』（カロッサ）などだが、反面この年プルースト、ハドソンが死没している。

これらの作品は、昭和初年代に入って殆ど翻訳されているので、多くの読者を得ている。もっとも時代的に、すでに八〇年近く以前の作品なので、現代の人たちはどの程度読んでいるか、疑問視される。が、日本に輸入された当時、相当に反響をよび、ことにモーラン（一八八八〜一九七六）の『夜ひらく』はのちの『夜とざす』ともども、川端康成や横光利一などの新感覚派の人々に多大の影響を与えた。

これらの作品のうちで、私がもっとも愛読したのは、ラクルテル（一八八八～一九六七）の『反逆児』であった。原題は〝ジルベルマン〟で『反逆児』という題は、訳者の青柳瑞穂が商業主義を考慮してつけたものと思われる。昭和二六、二七年頃の私の愛読書の一つとなった。

ジルベルマンはユダヤ人で、中学時代は天才児のようなもので、級友たちを小馬鹿にし、フランス文学に憧《あこが》れ、ことにラマルチーヌ、シャトウブリアンに造詣が深く、自分は将来、第一級の文学者になり得ると信じて疑わなかった。

しかし、所詮《しょせん》、彼は〝ジュウ〟だった。級友たちや先生にすら、何かにつけ苛《いじ》めや迫害を受けた。ただ一人の友人〝私〟はジルベルマンを尊敬し、彼の博才によって文学の世界を教えられたり、また、迫害から彼をかばったりする。が、やがて彼の父が仕事（骨董商）の関係で裁判沙汰にまきこまれ、ジルベルマンはますます白眼視され、アメリカの叔父を頼って逃亡していく――。

ストーリイ自体は比較的単純だが、ラクルテルはユダヤ人を描いているのではなく、一人のユダヤ人の心の動きをフロイド的な手法を用いて書いているのだ。それは、ラクルテル自身の愛読書を見れば納得できる。トルストイの『戦争と平和』であり、ルソオの『孤独な散歩者の夢想』、スタンダールの『アンリ・ブリュラールの生涯』、プルーストの『失われし時を求めて』であるからだ。

さて、私は吉本隆明について書きたかったのだが、『反逆児』にページを多くとられすぎたようだ。

ジルベルマンはユダヤ人であり、出生のときから社会から疎外されていたが、吉本は決して〝ジュウ〟ではない。しかし、吉本も私も貧乏人の小《こ》倅《せがれ》であった。

芥川龍之介の自殺は、もろもろの原因からくるノイローゼと見られているが、その死因の一つに志賀直哉（高級社会）に対する彼の下層階級出身をあげている人もいる。下層階級という意味合いにおいては、吉本もまた芥川とかわらない。

なぜ、普通中学へ進学できなかったのか。吉本は、私に語っている。

「小学校時代は、クラスでいつも一番か二番だったな」

通常、下町の子弟で、成績抜群だった連中は、当然府立三中（芥川の母校）へ行ったものだ。それが、家が貧しかったため、府立化工へ行かされたのである。つまり、芥川の家庭より、吉本の家庭の方が貧しかったといえる。

これは、私にも言える。私は遊び好きの貧乏人の小倅だったため、当初から普通中学はあきらめていた。府立化工へ行くということは、親の精いっぱいの努力だった。吉本は言う。

「俺のウチは、そのころ、門前仲町（深川）で貸しボート屋をやっていて、貧しかった。どうして化工へやらされたのか、解らなかった。三中へ行けなかった連中は、府立三商とか、化工、実科工業へやらされたね。府立三中へ行ったのは、クラスで一人っきりだった。俺は化工さ。応用化学科なんていったって、どんな学問か、ぜんぜん知らなかったね」

これは、何も吉本だけに限らない。先輩たちもそうだが、私についても同様である。

府立化工は優秀学校という評判だったが、所詮、工業学校である。卒業するということは、社会に直結することだ。

その吉本が、私たちに存在感を植えつけたのは、三年の二学期だった。三年生の新学期から、橋本克彦先生（のち中央大学教授）にかわって、英語の担当が太田先生になった。太田先生はその年の三月に早稲田大学を卒業したばかりで、まだ二四、五歳の血気さかんな、いかにも秀才といったタイプの色白な教師であった。それまでの橋本先生は、東大の銀時計組で、専門は東洋史であり、英語はその余暇に教えていたが、教え方もどちらかといえば温和な性格そのもので、おだやかで噛んで含めるようなところがあった。が、太田先生はまるで正反対で、とうとうと喋りまくり、押しつけるようなところがあり、喋り終わると、生徒の質問を受けるというような教え方だった。

その日は英文法の時間で、例のごとく三〇分ほどで太田先生の流暢《りゅうちょう》な講義が終わり、質問の時間に入ったとき、後方の席にいた吉本が突然、質問に立った。

その疑問点がどのようなことだったか、私には記憶はないが、太田先生の応答に納得せず、吉本は頑強に反論し、太田先生もまた口角泡《こうかく》をとばし、二人はとうとうとやり合った。そして、残りの一五分はたちまち過ぎさり、終業のベルは鳴りひびいた。

顔面を紅潮させた太田先生は、

「次の時間までに僕も調べてくるが、君も調べてきたまえ」

と棄て台詞《ぜりふ》を残して立ち去ったあと、教室内は騒然とした。いま思えば、吉本の取った態度は、いかに反抗期とはいえ、私にジルベルマンを彷彿《ほうふつ》させる。

奥野健男は、書いている。

——大正一三（一九二四）年生れという、ぼくより二歳上のほぼ同時代の（略）川端や吉本は下町に育ち、ぼくは山の手に育った。川端の父は腕のよい職工であり、吉本の父は貸しボート屋をやっていた。当時、下町の成績のよい子は府立三中を希望したが、商家の子は府立の商業学校、そして工業関係の子弟は府立の工業学校に通った。川端や吉本の通った府立化工はそういう家々の優秀な子弟の行く名門校であった。この頃は景気、不景気の変動が強く、親はいつ倒産や失業するかも知れぬ。そういうとき、五年制の普通中学に通わす心の余裕はない。いつでも腕に職がある商業学校や工業学校に子供をすすませた。（略）その府立化工時代の吉本隆明のえらくなりたいという立身出世志向を（それは親の果たせなかった夢をはたそうとする、また出世して世間を見返そうとする当然な志向だったが）

（略）――

五年生になったとき、私たちはクラス雑誌を出した。吉本はその雑誌に多くの詩や随想を発表しているが、その中の随想の一つに次のような文章がある。

《自惚《うぬぼ》れるわけでは決してないが、或いは何かの間違ひから、私自身が大臣位になるかも知れぬ――と思ふのが夢である。併《しか》し私は私の友が華々しい成功を勝ち得、私が不遇の身を晒《さら》す日を考へないでもない。そして、ひそかに一つの歌を用意してゐる。私はその歌を誦《しょう》じながら友の成功を心から祝福し得るだらう。私は今その歌を公開しやう。友が大臣になったときの用意に……。併しこの歌は「悟る」か意気地なしかでないと使へないことを断わっておかう。それは啄木の

友が皆我より偉く見ゆる日よ
　花を買ひ来て妻と親しむ

といふ歌である。》

やはり随想の一つ「海風の赤いぐみのせんせいせんせい」の中で、吉本は幼年時代を回顧しているが、彼の六歳の頃、彼の父は小さな造船所を経営していた。それが、いつの頃から経営難におちいったのか、ともかく貧乏の中での出世欲はたくましくはぐくまれていったのだ。

いま、私はある日のクラス会での、吉本の昂然《こうぜん》とした勇姿を想い浮かべることができる。吉本は教壇に立ちはだかると、言った。

「俺は絶対に出世するぞ。大臣にはならなくとも、俺は絶対に偉くなる」

私たちは圧倒されて、声を失った。

奥野の言葉を続けよう。

――そういう中で、吉本隆明が、米英の植民地主義とたたかう太平洋戦争に、軍国主義的にのめりこんでいき、熱烈な愛国者としての言動をなすのも必然であった。――

ところで、私は思う。奥野健男に言葉を返すようだが、吉本は単純に軍国主義にのめりこんだのではない。たしかに、府立化工という学校は、のろわしいくらい軍国主義を象徴するような学校であった。入学すると、学帽、カバン、靴、靴下、下着、パンツ、白ズボン（登校すると、はき替えた）にいたるまで、一切化工指定のものに統一されたことだ。

これは軍隊生活とかわらない。しかし、頭のいい優秀な生徒ほど、不知不識《しらずしらず》の間に化工の軍隊的スパルタ教育に対する反抗の精神は養われていったのである。

吉本には、よけいその傾向は強かった。それは右とか、左とかいうイデオロギー以前の問題であった。つまり、下層階級出身の少年の持って生まれた反逆精神の必然であった。

化工では、四年生になると、五、六月頃、野営生活が行われた。この風習は昭和五年頃から行われ始めたが、昭和八年頃から強化され、四、五年生は全員参加するようになった。日程は四、五日の廠舎《しょうしゃ》宿泊で、富士山麓や、下志津・習志野練兵場などで行われた。実戦さながらの教練で、最終日には紅白に分かれての白兵戦で幕を閉じた。

のちに、吉本は、この野営の想い出を私にこう語っている。

「野外演習といえば、四年生のとき、習志野かどこかへ行っただろう。そのとき、演習を終わって廠舎へ帰ってくるとき、必ず軍歌を唄いながら行進してきたもんだな。もう、三日目ぐらいになるとウンザリしてダレテクルんだな。俺だけじゃなく、みんなもそうだったんじゃないかな。一歌唄って間があいた。そのとき、俺はふと、やりだしたんだ。

〽トントン、トンカラリと隣り組――。窓をあければ顔なじみ、まわしてちょうだい回覧板……。

当時の流行歌だな。みんなも俺についてきて、ちょっとした大合唱になったもんだ。キミなんかも唄った覚えがあるだろう。そうしたら、松島中尉が突然とんできて、『黙れ！』とかいって怒った。みんな組の者、一列に並ばされてな。ビンタを喰ったんだ。俺は背が高い方だから四番目くらいで、まだ初めの方だから、力があって、痛いの痛くないの……。相当こっちも考えて、足をあんまり突っ張らないようにして、ダラッとするようにしていたんだけれども痛くてね。それで、廠舎へ帰ってから、級長の八幡が『みんなで謝りに行こう』というんだ。俺は『謝りに行くくらいなら、最初から唄わなければいいじゃないか』と、ひねくれていたからそういったんだけど、分隊長をやっていたから仕方がないので、八幡のあとからくっついて謝りに行ったよ。そういうわけでもないけれど、教練はいつも7点だったね」

この彼の発言中に、聞きなれない分隊長という言葉が出てきたが、この言葉について触れると、――

毎学期、級・副級長は一、二番の者が指名されるのだが、そのほかに分隊長制度があったのである。

この制度は学期始めに、クラスの者たちから四人選出された。殆ど一〇番以内の連中で、吉本は入学以来初めての選出だった。彼は毎学期、七、八番だったが、いつも外れていた。それが四年一学期になって、選出されたのである。実は、このときも吉本は問題を起こしたのだ。辞退したのである。

吉本は、こう語っている。

「俺は、修身は普通だった、と思う。9点じゃないね。8点か7点ぐらい。佐藤先生というと、すごい想い出がある（佐藤先生は生徒課長をやっており、修身を担当していた）。橋本さんが担任のときだったから、多分、四年生のときだろう。選挙されて、分隊長ということになった。だけど、どうしてだか、俺は、嫌だ！　といったのを覚えている。そうしたら、佐藤先生に生徒課に呼ばれてね、やられたよ。『お前は、人が選挙してくれて、分隊長になったのを、なぜ嫌だというんだ』というんだね。自分はそういう資格がないから嫌だといったんだけれども、何回も呼ばれた。何で何回も呼ばれたかというと、そのときはこっちには自覚がないから全然気がつかなかったけれど、要するに、思想的背景があると見られたんだな。佐藤先生は『お前は学校から帰ると、何してる?』とか、執拗に突っ込むわけ。何日も呼ばれたよ。ほとほと、嫌になっちゃった。担任の橋本さんなんか、おどおどしていたけれど……。疲れきって、『やります』ということになったけど、瞭《あきら》かに疑われたんだな。右翼か、左翼か、どちらかに関係があるんじゃないかと……」

さて、私は(彼をも含めて)、私たちが府立化工という中等学校にはいって、軍国主義的教育を受けたから右翼少年になったかというと、それは当たらない。

もちろん、吉本についていえば、終戦二、三年前は、彼は右翼思想にとりつかれたが、それは化工教育とは何ら関係ない。化工生徒で頭のいい連中は、誰もが卒業すると、(先にも書いたが)解放された気分になり、吉本は米沢高工へ進んだが(たぶん石川啄木に感化されていた)、文科系統へ逃げ出した者も数人いたのである。例えば、私たちより一年上級の毛利寛治氏は一高文科へ行き、私たちと同級の土屋公献は静岡高校文科へ行っている。

つまり、しめつけられた化工生活から逃げ出したのである。吉本はたしかに軍国青年に変わっていったが、それは府立化工とは関係なく、文学書の影響と見るのが正しい。

吉本は四年生頃から完全に文学少年であり、彼の愛読書――横光利一の『旅愁』、保田与重郎の『戴冠詩人の御一人者』、高村光太郎の詩書など――、古典から、当時の軍国主義的イデオロギーとは関係なく、純日本的思想に感化されたのである。この辺のところは、軍国主義的右翼に見られるが、誤解されやすい。

むしろ、少年時代からの性情から反逆心が強く、戦後になって、〝戦争責任〟において転向文学者や、組織を嫌うところから左翼陣営の糾弾に当たっているのも、いかにも吉本らしくうなずかされる。

［〝文学街〟47号〜49号（二〇〇二年一月〜三月）に連載］

あとがき

本書『戦争と平和』を刊行する運びになった経緯を、若干記しておきます。

「戦争と平和」の講演は、阪神・淡路大震災の年、一九九五年で戦後五〇年でもありました。三月一〇日に、吉本と私の母校・旧府立化学工業学校の講堂で行われ、五〇〇人は入れるのですが立ち見の聴衆まで出るほどの盛況でした。

その講演内容は、まことに素晴らしいもので、いつかこの講演録を中心にした本を出版できないものか、と考え続けてまいりました。

いまの日本の情況、つまりイラク問題や拉致問題、国民の生活関連法など、日本の基本的な流れが危うい方向に舵が切られている現在、この「戦争と平和」を多くの人に読んでいただきたいと願い、このような構成を考えたわけです。

そして特に「戦争と平和」は、中学生・高校生の諸君にも読んで欲しく思って、改行を多くし、ルビもたくさん入れました。

「近代文学の宿命」は、拙著『修羅の宴―吉本隆明と私―』（一九八六年、砂子屋書房刊）に附録として収録されています。これは少部数だったので、吉本の固定的読者の方でさえも目に触れていないのではないかと思って再録しました。

「吉本隆明の日常」は、私の手持ちの資料と常日頃、吉本と接しているところから彼を再現した、いわばノンフィクション・ノベルです。

本来なら、この「あとがき」は吉本が書くべきところですが、彼は大腸癌の手術を受け（退院しておりますが）、まだ文章を書くまでには回復していないので、私が代筆のような形になりました。

この時期に、本書が刊行されることになり文芸社（ことに今井鎮夫氏）はじめ諸関係の方々に深く御礼申し上げます。

二〇〇四年七月

川端要壽　記

〝戦争と平和〟の文庫化について

一五年ほど前、某出版社の企画で、〝吉本隆明・私の半生〟についての対談が神楽坂の料亭で行われた。その対談は二日間、七、八時間にわたり、ゲラ刷りで四百字詰め約七〇〇枚程度のものだった。

吉本はもちろん、編集者、私ともども大変喜び、その出版に期待した。しかし、いざ下版という際に、急に吉本は「こいつは止めにしよう」と言い出した。

呆気にとられた私が

「なぜだ」と憤然とすると、吉本は

「女性問題の項が気にいらねんだ」

「おかしいじゃねえか。対談の際には、楽しそうに喋っていたのに……」

よくよく聞いてみると、どうやら横槍を入れたのは、女房の和子だったのである。

「俺はお前のように作家じゃなくて、評論家だよ。なんでもかんでも晒すわけにはいかないんだ」

結局、そういうわけで、この出版は流れてしまったのである。


今年の春先のこと、私はふとこの対談のことを想い出し、吉本を訪ねた。年月が彼の思考を変えていればいい、と思ったのだ。

「女性問題を抜きにして、出したいんだ」

「オイオイ、ずいぶん昔のことじゃねえか。あんなもの、もうとっくに処分しちゃったよ。それよりな、〝戦争と平和〟という講演があったろう。あいつは、現代でも立派に通用するもんだ。あいつを何とか文庫にできねえもんかなあ」

なるほど、いかにも思想家らしい発想だ。私はそう思いながら、今井鎮夫氏の顔をチラリと想い浮かべた。

——大体、〝戦争と平和〟を出してくれたのは、今井氏が文芸社の編集長の時だった。しかし、文芸社は文庫を出していない。出すとすれば、今井氏を通じて、文庫を出している他社に持ちこむ以外にない。——

年数的に見ても、それは無理な話なのである。

一〇月初め、文芸社の佐々木春樹氏から、電話が入った。

「今度、当社でも来年二月に、文庫発刊に踏み切りました。そこで、〝戦争と平和〟を刊行するつもりですが、川端さんから吉本さんに伝えていただいて、許可をいただきたいのです」

「へえ、それはいいことだ！　吉本もきっと喜ぶよ。彼のところの電話はいつもルス電になっているので、貴方から書面で依頼するのが一番いいですね」

二、三日後、佐々木氏から再度電話が入り、吉本が快諾したことを伝えてくれた。

万事、うまくいったのだ。

二〇一〇年一〇月

川端要壽　記

本書は、二〇〇四年八月、小社から発行された
単行本『戦争と平和』を文庫化したものです。

文芸社文庫

戦争と平和

二〇一一年二月十五日　初版第一刷発行

著　者　吉本隆明
発行者　瓜谷綱延
発行所　株式会社　文芸社
〒一六〇-〇〇二二
東京都新宿区新宿一-一〇-一
電話　〇三-五三六九-三〇六〇（編集）
〇三-五三六九-二二九九（販売）

印刷所　図書印刷株式会社
装幀者　三村淳

ISBN978-4-286-10274-0